【好消息】
我的不起眼未婚妻在家有夠可愛。
2
男生，真的好下流。
（……如果是在家裡……我就會讓你看了。）
綿苗結花（學校）
樸素不起眼的同班女生。
在泳池邊也顯得個性冷淡，
然而一回到家……
U0075196

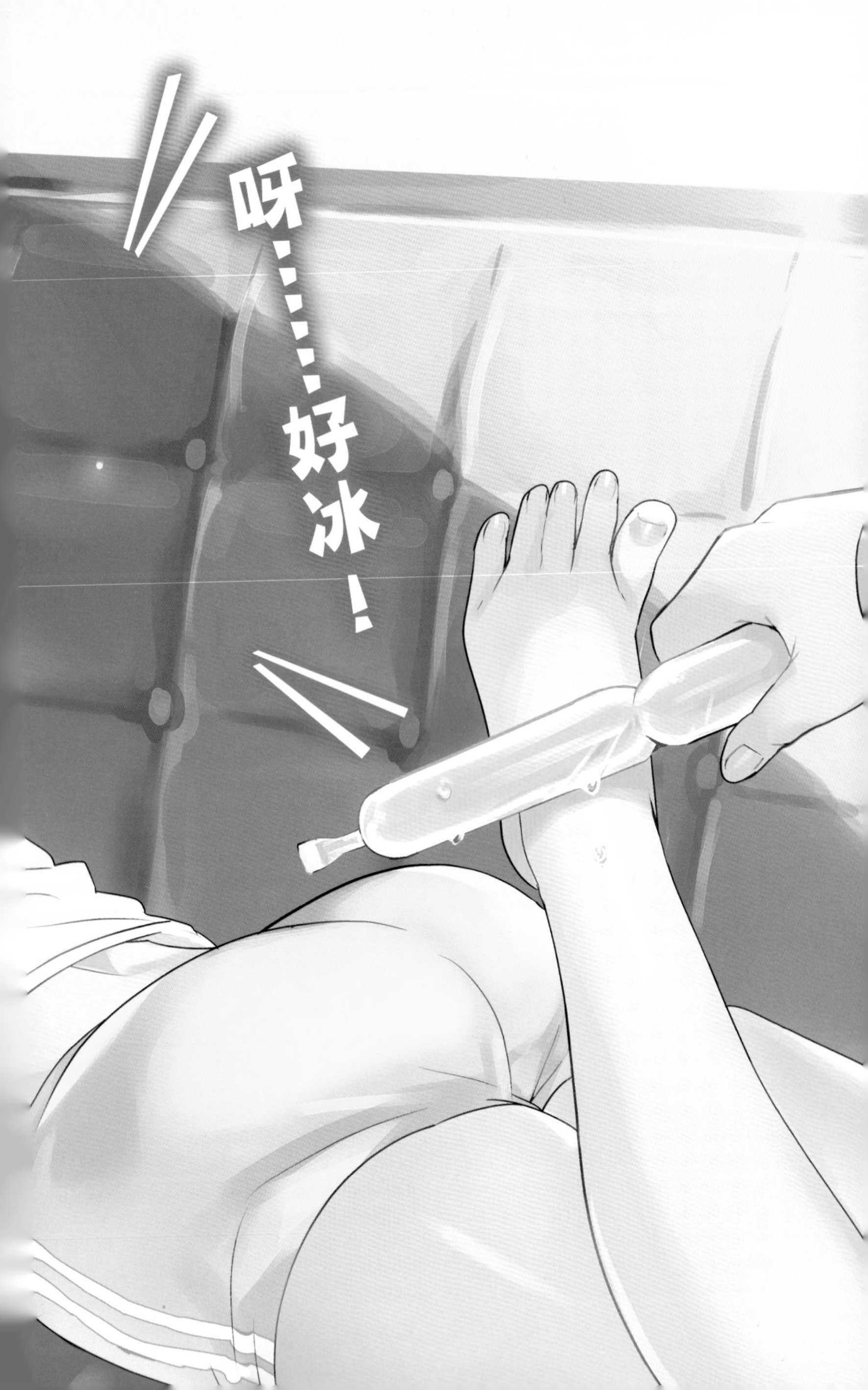
呀……好冰！

「真是的，小遊，要不要一起吃冰滾沙發？」
綿苗結花（家裡）
多話且表情豐富的御宅族女生。從事聲優工作，同時以遊一未婚妻的身分開心地同居中！
剛洗完澡時……

殺死童貞服
「怎麼樣，小遊？
有沒有心動的感覺？」
我為了小遊
很努力了，但……

小貓裝備
「小遊……喵～～」
可能有點太過火了!?

要不要來比賽？

「看誰的線香煙火先燒完。
輸的人要被贏的人——」

「夏天快到了呢。」
「感覺今天也會是開心的一天！」
第一學期也差不多要結束了，跟結花一起生活已經過幾個月了啊。
就是啊！這次要出門約會，校外教學要露營，還要去逛廟會……嘻嘻嘻！只要跟小遊在一起，每天都過得好開心。

【好消息】

我的不起眼未婚妻在家有夠可愛。

2

My Plain-looking Fiance is Secretly Sweet with Me.

Kadokawa Fantastic Novels

彩頁、內文插圖／たん旦

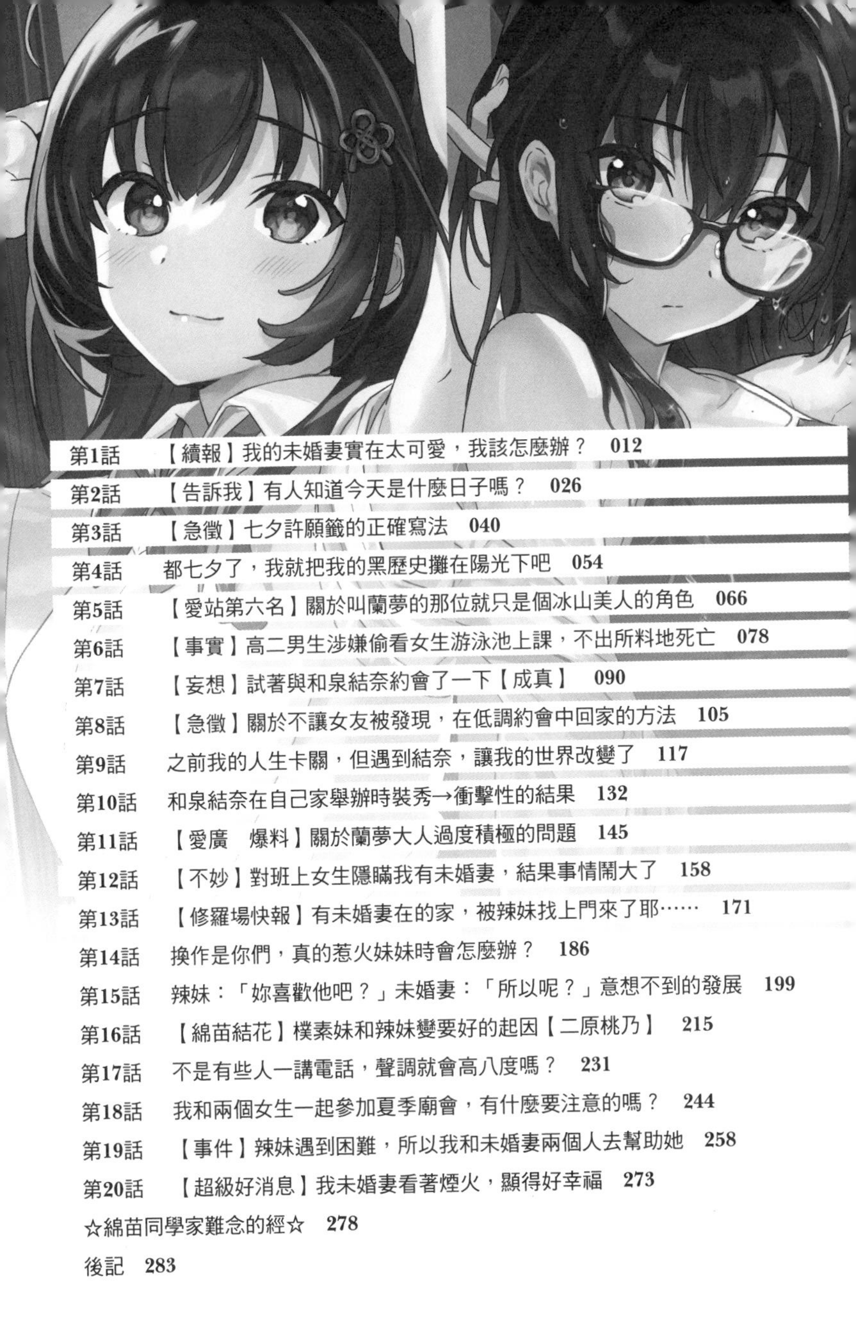

c o n t e n t s

第1話 【續報】我的未婚妻實在太可愛，我該怎麼辦？

「呼～～！遊一，你看到了嗎！世界終於要納入蘭夢大人的掌握啦～～～～！」

午休時間的教室。

我吃著福利社的麵包，阿雅就在我正對面發出怪聲站起來。

這讓我實在很想裝作不認識他。

「喂，遊一！不要撇開視線……要好好看著蘭夢大人光輝的未來！」

「我不想看的是你的醜態好嗎？」

我和阿雅——倉井雅春，是從國中時代就認識的老朋友，但這麼糟的情形我可能還是第一次遇到。

你看看全班這種「噁哇～～」的視線好嗎？

然而阿雅對這種事情全不放在心上，摸著自己的刺蝟頭傻笑。

黑框眼鏡底下的目光不知道是在犀利什麼的。

「佐方佐方，你和倉井聊什麼聊得那麼起勁啊？」

「起勁的只有阿雅吧！」

「你們桌子都併在一起聊天了，只有你一個無罪，這說不過去吧～」

這麼說完後哈哈大笑的，是和我同一間國中出身的二原桃乃。

染成咖啡色的長髮。

還化了淡妝，眼睛顯得很大。

她的制服上衣沒穿整齊，所以胸部的自我主張非常劇烈。

說白了——是個很辣妹風格的人。

「佐方不也來一下剛剛那個嗎？喊些世界終於怎樣怎樣了之類的。」

我才不喊，而且算我求妳，不要把我算進阿雅一夥。

因為我不是阿雅那種會把自己的感情暴露在大家面前的人。

若無其事地待在班上，不太起眼的男生——這樣的定位比較適合我。

我對三次元女生和開朗角色很沒轍……所以我想盡可能不和這些人深入來往地活著。

「阿雅，你的心情我了解了。可是啊，像你這樣大吵大鬧，其他不知道《愛站》的人會怎麼想……」

「遊一，你不要因為只有我推的角色入選『八個愛麗絲』就這樣鬧彆扭。」

——我火大了。

「阿雅……作為《愛站》玩家，靠推的角色來展現優越感，實在是墮落到底了。你要小心你的這種言行，只會讓你推的角色形象變差。」

「啥啊？遊一……我的壞話隨你愛怎麼講都行，可是我可不准你侮辱蘭夢大人！」

「等等，這哪國話？還有，不要吵架啦，真是的！」

二原同學委婉地制止，但我們不收手。

無論我還是阿雅，自己被說壞話都能忍。

可是，只有自己推的角色被說壞話是我們萬萬無法容許的。

因為如果有人損害自己推角的名譽……我們就無法不挺身而戰。

「八個愛麗絲」——指的是《Love Idol Dream！Alice Stage☆》的人氣投票中，入選前八名的愛麗絲偶像。

將近一百名偶像，都配有全程語音。

漂亮的插畫、充滿魅力的角色、頻繁舉辦的活動。

所有角色的名字都統一和聲優同名，媒體宣傳造勢也琳瑯滿目。

一款由大企業賭上整間公司身家的頂尖社群遊戲——這就是《愛站》。

而這個《愛站》最近更從以前的「神十一總選舉」推陳出新，舉辦了「第一屆　八個愛麗絲投票」。

獲選第六名的，就是阿雅推的角色——蘭夢（ＣＶ：紫之宮蘭夢）。

「蘭夢大人她……是我的夢想啊！」

「倉井，你在哭什麼啦！」

二原同學看著阿雅喊得聲淚俱下，就動搖了。

「蘭夢大人她一直努力到今天的功勞……讓愛站玩家感受到，才入選為『八個愛麗絲』。這樣的灰姑娘故事……不是很神嗎，遊一？」

「不是只有實現灰姑娘的故事才是愛麗絲偶像的一切吧……阿雅。」

「等等，佐方你怎麼也在哭？這什麼狀況！」

二原同學說得沒錯，我的視野也在不知不覺間變得模糊。

蘭夢這些日子以來一直在努力。這我明白。

可是，我知道有個少女也一樣努力。

她離「八個愛麗絲」還很遙遠——對我來說卻是「唯一的愛麗絲」。

「阿雅，不管你說什麼……我的愛麗絲，就只有結奈。」

結奈（CV：和泉結奈）——就是我的女神。

國三那年冬天，我被三次元女生甩了，這件事被全班知道，我因為絕望而陷入抗拒上學的狀態。當時就是天真無邪的她給了我活下去的希望。

咖啡色的雙馬尾，小巧的嘴脣，充滿了愛的豐饒胸部。

坦白說，角色的人氣還很低……

但對我來說，她才是第一名。

「遊一……我……對你說了過分的話……」

「阿雅……你願意體諒我了嗎……」

我和阿雅牢牢握手。

二原同學狐疑地看著我們，但我不管她。

因為我們是為了彼此推角的名譽而戰的……戰友。

「——就不能安靜點嗎？」

我們正鬧得熱絡，卻飛來這麼一句犀利的話。

聽到這令人全身發涼的說話聲，我戰戰兢兢回過頭。

站在那兒的——是同班同學綿苗結花。

一頭綁成馬尾的黑髮，制服上衣照校規穿得整整齊齊。

個子嬌小，身材苗條。

細框眼鏡下，眼角略顯上揚的眼睛。

她的目光很犀利，配上面無表情得嚇人的撲克臉，該怎麼說……魄力好驚人。

「礙事。高中生要有高中生的樣子。」

「知……知道了……」

阿雅就像被蛇瞪的青蛙，立刻縮了起來。

二原同學嬉鬧著說：「綿苗同學真有一套～～！」

至於我——則無話可說地看著她。

她似乎察覺到我的視線，朝我瞥了一眼。

又立刻撇開視線，低聲說：

「總……總之，就算是午休時間，也太吵了。」

「綿苗結花」用緩和了點的語氣這麼說完，就回自己的座位去了。

「綿……綿苗同學，好可怕……」

「還不是因為你們那麼吵？不過也是啦……你們兩個這種可以無話不說的關係，我是覺得很棒喔～～我很嚮往這樣的關係～～」

「二原妳這什麼話啊？妳不是對大家都想到什麼就說什麼嗎？」

「倉井你就是這樣才會沒有女人緣。女生啊……都有祕密的。」

我聽著阿雅和二原同學說悄悄話——覺得胸口微微疼痛。

抱歉啦，阿雅。

對誰都說不出口的祕密……也不是只有女生才有。

我也有對你都說不出口的祕密。

正因為你這麼喜歡《愛站》——才更說不出口。

綿苗結花，其實——就是結奈的聲優「和泉結奈」。

她在學校古板又不起眼，簡直像是有溝通障礙，但回到真實的模樣，就是個天真無邪又少根筋的女生。

而且還是我的未婚妻，跟我同居。

不過……就算我說了，你多半也不會相信啦。

◆

「小遊，你這樣不行！」

一回到家，結花立刻瞪了我一眼……但和在學校時不一樣，一點都不可怕。

她從學校制服換成了居家穿的水藍色連身裙。

馬尾也解開來，讓一頭黑髮直披到肩胛骨左右的位置。

也因為她的視力並不是太差，除了外出時，都不戴眼鏡。

這樣一來，她的眼睛莫名就會變成下垂眼。

這麼可愛的模樣，要人覺得可怕才是強人所難。

「聊《愛站》聊到鬧成那樣當然不行吧。真是的！」

「有需要那樣警告嗎？當然我們可能是吵了點啦……」

「小遊你跟朋友鬧著玩當然沒關係！論點不是在那裡！」

「是嗎？」

我正歪頭納悶，結花就鼓起臉頰。

「你那麼大聲誇獎結奈——人家會不好意思啊，笨蛋！」

「咦？重點在這？」

聽到這種意想不到的叮嚀，我不由得發出怪聲。

結花的粉拳連打我的胸口。

「笨蛋笨蛋～最近的小遊太得意忘形了啦～～」

「妳這是什麼不實指控？我就和平常一樣努力愛著結奈，又想和結花過著平靜的日子——」

「就是這愛太猛烈了！小遊對結奈的愛太壯大，會壓垮我！」

結花說著把一張信紙遞給我。

■筆名「談戀愛的死神」■

結奈，妳好！期待已久的「八個愛麗絲投票」終於來了。

我在投票開始的同時就投完票了。至於我投給誰……是祕密。

提示，我投給了一個不管什麼時候笑容都很燦爛，有點少根筋，天真無邪，但又比誰都認真的——我最喜歡的女孩子。

無論她是輸是贏，我都會繼續支持她，支持在這世上我比誰都更加喜愛的——她。

「……什麼嘛，不就是我寫給結奈的加油信嗎？妳說這有什麼問題？」

「直接說不就好了！我們都一起生活了！」

「不，妳想想，要把我對結奈的心意告訴結奈，當然就只能寫信給結奈了吧？」

「才不會只能寫信！這裡，這裡！結奈裡面的人，就在這裡～～！」

結花仍然鼓著臉頰，一把搶過信紙，小心翼翼地收進信封。

接著朝我瞥了一眼。

「……你害結奈的表情變成這樣，我絕～～對不饒你！為了處罰你……我要你說一百次喜歡我，笨～～蛋！」

「咳噗！」

大量吐血。我死了。

因為剛剛那一段是完整重現結奈新事件的最高潮部分。

主角去遊樂設施玩，參加了一個叫作「說出一百個女友讓你喜歡的地方」的企畫——然後瘋狂讚美結奈。

結奈害羞得要死，忍不住說出了那句最萌台詞。

第一次聽到的那一天，我在深夜反覆播放了三個小時。

之後每天重複聽三次。

被她當面說出這樣的台詞……該說是難為情還是無法自已？總之，我覺得腦袋都要壞掉了。

這是怎樣？她是想殺了我嗎？

「為了處罰你，我要你說一百次喜歡我！笨～～蛋！」

「結花，抱歉，真的抱歉。所以，別再──」

「說喜歡我～～笨蛋笨蛋～～！」

我的HP都降到0了，結花還繼續用萌攻擊鞭屍。

她似乎還鬧得有點開心，總覺得表情變得有些得意。

既然這樣，我也……

「怎……怎麼樣，小遊？你反省了嗎？現在你知道把會讓人害羞的事情做得太過火──」

「我喜歡妳。」

「呼咦！」

聽到我說的話，這次換結花動搖了。

她慌張地雙手亂揮，畏畏縮縮地說了：

「等、等一下啦！剛剛那是引用結奈的台詞，只是要你反省喔，不是真的要你這麼做──」

「我喜歡妳。喜歡妳。喜歡妳。喜歡妳。」

「呀啊啊啊啊啊啊！」

打個比方，這就像是用言語來除靈。

結花尖叫著倒到地板上，胡亂動著手腳掙扎。

……這還真有點意思啊。

「怎麼樣，結花？妳反省了嗎？現在妳知道不能把會讓人害羞的事情做得太過火了吧？」

「好啦！我知道了啦！你再這樣甜言蜜語說個不停，我的腦袋會壞掉——」

「我喜歡妳。喜歡妳。喜歡妳。喜歡妳。喜歡妳。喜歡妳。喜歡妳喜歡妳喜歡妳喜歡妳喜歡

——」

「呼喵啊啊啊啊啊啊啊啊啊啊！」

——一小時後，我被迫跪坐在地上。

結花坐在沙發上雙手抱胸，一張臉仍紅得像蘋果，噘著嘴脣瞪著我。

「……小遊，你玩到一半根本有點在尋我開心了吧？」

「……可是追根究柢，還是因為妳想用結奈語音萌殺我。」

「嗯～～……所以呢？」

「就是所謂的被萌必報，加倍萌還？」

「根本不只加倍吧！」

沒錯，這個故事是在描寫——在外頭古板又不起眼，在家卻有點傻氣的綿苗結花——以和泉結奈的身分非常努力，在家卻只是個小動物的綿苗結花——成了我——佐方遊一未婚妻的綿苗結花——和我笑笑鬧鬧的每一天。

第2話 【告訴我】有人知道今天是什麼日子嗎？

「我要出題！小遊，今天是什麼日子呢？」

我放學回家，躺在客廳的沙發上看漫畫。

結花突然跟我玩起猜謎遊戲。

我轉頭一看，看見結花手扠著腰，表情得意洋洋。

嗯～～……今天？

今天有什麼特別的嗎？

我和結花也都不是今天生日。

《愛站》今天沒有要推出新活動。

《愛站》上市紀念日？……不，那是在冬天。而且，這種事情我不可能沒發現。

不行，我完全想不到。

「剩下十秒了～～」

「不，我想不到，真的。如果是明天，我還知道是七夕……」

「啊啊～～好可惜！就差一點點了，小遊！說到七夕前一天，會想到什麼？」

「七夕前一天？七月六日？咦？有什麼特別的嗎？」

「七月六日！就是這個！很接近了！」

不不不，七月六日就只是個事實吧？

我一心一意讓腦袋全速運轉。就算這樣，還是什麼都想不到。

我已經別無他法，只好戰戰兢兢地做出投降宣言。

「對不起，我投降。正確答案是什麼啊，結花？」

「哼哼哼，正確答案啊……咚咚咚咚，鏗！」

她還自己配了鼓樂聲。

我這未婚妻好興奮啊。

我正想著這樣的念頭，結花就豎起食指，得意地說了：

「今天啊，今天……是我變成小遊的未婚妻三個月紀念日！呀～～啪啪啪～～！」

——原來啊。

這我絕對猜不到。

看著結花一個人喊得很起勁，我盡力冷靜回應。

「聽妳這麼一說才發現，我們第一次見面就是在開學典禮那天啊。的確正好三個月，可是……這有那麼讓人起勁嗎？」

「當然起勁了，是三個月耶！也就是說，我們待在一起的時間已經夠讓一季動畫播完了。這樣……想也知道會開心吧！」

結花手摀臉頰，笑得像是要融化似的。

看到她那麼開心的表情……總覺得連我都跟著難為情了。

「也……也是啦，三個月，說來說去還挺快的。我竟然能和三次元女生在一起這麼久，坦白說真沒想到。」

「以後日子才久呢～～畢竟我有朝一日會變成你的老婆……變成你一輩子的伴侶嘛！」

結花說得理所當然，以清澈的眼神看著我。

飄逸的頭髮披在水藍色連身裙肩膀上。

雖然覺得結花的臉頰有點紅——

……我的臉大概也差不多吧。

就算是這種常人會難為情而說不出口的話，結花每次都會很直接地說出來。

正因為結花這麼坦率。

才會連很不會應付三次元女生的我跟她待在一起都能放心……大概吧。

「啊～～！小遊！你為什麼撇開臉～～？」

結花眼尖地注意到我難為情而撇開視線，便用力拉我的手。

這樣結花的體溫會傳到我身上，讓我更沒辦法冷靜啊。

「真是的，小遊你喔～～三個月紀念日還沒真正熱鬧起來呢。」

「還沒？等等，妳是打算做什麼？」

「哼哼哼～～……這就不能告訴你啦～～」

我往結花臉上一瞥，發現她嘴脣微微嘟起，故意撇開視線。

接著又朝我瞥過來。

但我們的視線一對上，她又撇開視線。

瞥。

——她這是故意的吧。

一種想要我好奇的感覺表現得非常強烈，讓我忍不住笑出來。

「我很好奇，告訴我嘛，結花。」

「真拿你沒辦法啊～～小遊。」

我照結花的心意這麼一問，她就一臉得意地轉過來面向我。

然後帶著天真的表情笑著說：

「為了紀念三個月——我們來開慶祝派對吧，小遊！」

◆

於是——

為了慶祝七月六日這天婚約滿三個月，我們決定開派對。

……一般人有每三個月慶祝一次的嗎？

照這個步調，每演完一季動畫，就會碰上一次紀念日……不過依結花的作風看來，她挺像是會真的慶祝。

我想起未婚妻天真無邪的表情，不由得苦笑。

——結奈感覺也會做這種事啊。

結花果然是和泉結奈。

雖然不知道是角色像裡面的人，還是裡面的人像角色……我想應該有很多地方是有連結的。

「呃，拉炮，拉炮在哪……」

結花在家烹飪派對用的豪華飯菜時，我來到量販店採買派對用品。

她都說要盛大慶祝了，應該還是要拉個拉炮吧。

再來還要什麼呢……像是一些會放音樂的東西？

我平常不辨什麼派對，對自己的品味對不對是沒有自信啦。

總之我碰了碰眼前一個畫上一張臉的花形擺設。

『咻啪叩～～』

花形擺設發出令人沒力的聲音，開始扭動著跳起舞。

……這玩意兒不太對啊。

正當我手按下巴陷入思索。

『聲靈子彈【妖精】——魅惑的妖精！』

剛……剛剛那是——和泉結奈的語音？

接在那平板的語音後聽見的，確實是和泉結奈的語音。

聽起來像是在喊一些奇怪的招式名稱。

我想看看是怎麼回事，走向傳來語音的店內深處。

結果看見的是——

「喝呀！」

『聲靈子彈【高熱】——致命熱焰。』

在店裡舉著一把大而無當的玩具槍的，我們班的辣妹——二原同學。

她一扣下扳機，就聽到和先前不一樣的語音……等等，剛剛那是紫之宮蘭夢的語音吧！

這會由「愛麗絲偶像」唸出奇怪招式名稱的怪槍是怎麼回事？

「……啊。」

我正發著呆思索，視線就和舉著槍的二原同學對個正著。

接著，短暫的停頓後。

「啊……啊啊～～！我還以為是誰呢，這不是佐方嗎～～！怎麼啦，跑來這種地方？」

「沒有，我只是來買東西……二原同學，妳為什麼這麼慌？」

「我……我才沒有慌！我也只是來買東西啊！」

「是嗎？怎麼還拿著……宇宙奇蹟超人？的武器——」

「這是假面跑者聲靈的武器『說話槍』，不是宇宙奇蹟超人的武器。雖然都算是特攝節目沒錯啦。」

「什麼？」

妳在講哪一國話？

看到我這種反應，二原同學露出驚覺不對的表情。

「啊～～……你也知道，我不是很會跟小朋友玩嗎？就像上次去當志工那樣。所以我對那些特攝？的玩意兒還挺熟的！」

啊～～……的確，當時鄉崎老師拜託我們去當托兒所的志工，她就跟小朋友們扮宇宙奇蹟超人玩得很起勁啊。

她每次都說自己是「精神上的姊姊」跑來找我攀談，所以也許是有個年紀差比較多的弟弟。

……不過這個就先不提。

「二原同學，妳這把槍——怎麼好像有很多不同女生說話的聲音？」

「嗯？噢，假面跑者聲靈是拿聲音當武器來戰鬥。對這聲靈槍『說話槍』掃描麥克風型物件並扣下扳機，就會播放各種『聲音』。然後攻擊的屬性也會隨著聲音的類型改變，就像這樣。」

『聲靈子彈【破裂】——油彈衝擊！』

這次可不是掘田出流的語音嗎？

這是怎樣，是和愛麗絲偶像搞異業合作？

「佐方，你怎麼啦？這樣盯著我看……啊，剛……剛剛那些講解，也是我聽小朋友們說了才知道的啦。」

不，我明白。可是妳是怎麼啦，說話快成這樣？

——震動震動♪

我正和她說話，口袋裡的手機就震動了。

『小遊，對不起～～！烤肉醬用完了……可以麻煩你買嗎？』

原來如此。今天吃烤肉嗎？

我只回了一句『知道了』，就把手機收進口袋。

「那麼，二原同學，我去一趟超市就要回家了……」

「啊，這樣啊。記得佐方你是一個人住吧？你有自己煮飯嗎？」

「算……算有吧。」

「虧你上烹飪課的時候，還都只做那麼可怕的東西。」

「還……還好啦，也不是不能吃。」

為了避免我和結花同居的事實穿幫，我小心遣詞用字。

對此，不知道二原同學怎麼回事，只見她手按下巴思索——然後捶了一下手掌。

「那下次我去幫你做飯吧！別看我這樣，我對烹飪可是挺拿手的喔。」

「咦！呃，不是，也不用這樣吧！」

「不用跟我客氣啦。我想想……暑假就快到了，到時候我就去你家玩！然後我會做有夠好吃的東西給你吃。畢竟俗話說要抓住男生的心，就要先抓住他的胃！」

這個辣妹到底要抓住我的心做什麼？

而且結花就在家裡，我是真的希望她別這樣。

為了避免話題繼續往奇怪的方向發展，我中斷談話，準備移動到位於地下的超市。

——然而……

只有二原同學手上的槍……讓我好在意，總是會忍不住去想。

◆

「鏘鏘～～！這是結花特製的派對菜色～～！」

擺在餐桌上的是已經在桌上的烤盤上準備好的烤肉。

……不只是烤肉，還有牛排、壽司、烤牛肉之類。

菜色的量和種類都多得非比尋常，擠滿了整張桌子。

「……再怎麼說，這也太多了吧？」

「哼哼哼～～還不只這些呢！」

結花得意洋洋地跑進廚房，然後拿來了放在盤子上的蛋糕。

「……咦？這該不會是妳親手做的？」

「嗯！甜點我不太拿手，所以如果不好吃就不好意思嘍。」

這個用奶油做的蛋糕，不是我誇張——美得放在店裡也不奇怪。

而放在蛋糕上的巧克力板上，用奶油寫了一句話。

『以後也請多多關照了，小遊☆』

「……謝謝妳，結花。」

我小聲自言自語，然後將拉炮遞給結花。

接著喊一聲「預備」。

「滿三個月紀念日快樂，小遊！」

『聲靈子彈【妖精】——魅惑的妖精！』

「呀啊啊啊啊啊！」

我沒拉拉炮，而是按響假面跑者的槍……結果結花不知道怎麼了，慘叫得有夠大聲。

接著從我手上一把搶走槍。

「為……為什麼會有這個……小遊，你買來的？」

「妳反過來想一想，這個不是收錄了愛麗絲偶像的語音嗎？我反而覺得自己沒注意到有這個實在太丟臉了……當然就立刻買下了。」

「這和愛麗絲偶像沒有關係啦！是掘田姊有配這款作品的主要角色，我也因為經紀公司的綑綁銷售，只錄了一句語音……而且製作公司都直接給了我一把，就放在家裡！小遊你還特地買來，這種侮辱……真是的！」

這樣啊，原來和結奈沒有關連啊。

不過……這是結花身為聲優非常努力的證明。

我倒是很慶幸買了啊。

不過，就先不說這些了。

滿三個月紀念日快樂──結花。

第3話 【急徵】七夕許願籤的正確寫法

「好～～你們這些傢伙！回座位上坐好～～！」

教室的門被拉開，班導鄉崎熱子老師走了進來。

沉溺在談笑中的班上同學也匆匆回到自己的座位。

接著一如往常，由鄉崎老師主持的班會開始了。

「你們知道今天是什麼日子嗎？那麼，二原。」

「咦～～？」

二原同學露出「怎麼突然問這個」的表情，手按嘴唇回答：

「呃，是七夕吧？」

「對，是七夕。那麼綿苗，妳知道七夕是什麼樣的日子嗎？」

「知道。」

結花慢慢起身，推了一下眼鏡。

「是被天河隔開的織女星與牛郎星一年唯一一次能夠相遇的日子……我是這麼認知的。至於舉得出的習俗，我想就是把許願籤掛在竹架上。」

在學校的綿苗結花真有一套。

她面不改色地說出了模範解答——醞釀出一種在家根本無從想像的難以親近的氣氛。

虧她在家裡時就只是個喜歡聊天，很黏人的女生。

我正發呆想著這樣的念頭，鄉崎老師就開心地笑了。

「聽說學生會在準備七夕的企畫，要和大家一起過七夕。校園裡不是擺了竹架嗎？大家就把各自的願望寫在籤上，掛在那兒吧。匿名也可以。」

從窗戶往校園一看，便看見準備了還挺大的竹架。

會想把全校都拖進來一起辦活動，學生會還真是開朗角色啊……我就絕對勝任不了。

然後……我拿著簽字筆，瞪著發下來的許願籤。

我的願望，是嗎？

「佐方，你怎麼想這麼久，好好笑～」

我猛一抬頭，看到二原同學看著我哈哈大笑。

「二原同學妳已經寫完了？」

「嗯。因為我的願望一直——都只有一個。」

說著，她秀出來的籤上用大大的字體寫著『**世界和平**』。

「呃，二原同學……這是在開玩笑？」

「我沒開玩笑～～這是我認真的願望啦。」

「講這種像是英雄會講的話……啊啊，說到英雄，上次在店裡那個玩具——」

「來，佐方也趕快寫啦！別顧著聊天！」

明明是她自己來找我說話的……我還是完全無法理解辣妹在想什麼。

不過……如果要說有什麼即使不被別人理解，在自己心中也絕對不能退讓的願望。

我也有啊——確實有。

我拿著許願籤來到校園，看見已經有許多學生聚集在竹架周圍。

人潮當中，我不經意地——將視線落到自己寫的籤上。

『**希望她幸福**』。

為了不讓任何人看出是誰，我不寫出「她」的名字，自己當然也不署名。

——結奈。

無論什麼時候，只要我閉上眼睛，就會帶給我笑容與活力，是個超越了次元的最棒的偶像。

髮尾捲翹的咖啡色雙馬尾。

和可愛的她很搭的下垂眼、像貓一樣圓嘟嘟的嘴。

粉紅色的長版上衣，格紋迷你裙配上黑色過膝襪，兩者之間的絕對領域美艷動人。

這樣的我的女神——結奈……

在我腦海中靦腆地露出微笑。

——小遊～～！今天也一起看動畫吧？

我驚覺地睜開眼睛。

因為剛才那句話的聲音是結奈，卻又不是結奈。

但也不是聲優和泉結奈說的話。

——沒錯。

是我那個在家笑得天真無邪的未婚妻——結花的聲音。

「你在做什麼？」

聽到身後傳來平板的聲音對我這麼說，我驚覺地回過神。

回頭看去，站在那兒的——是在校款的綿苗結花。
「後面的人在等你，快點。」
「啊，嗯……抱歉。」
我匆匆把許願籤掛到竹架上，把位置讓給結花。
接著正準備回教室而踏出一步……卻感受到一種不祥的預感。
……結花應該不會寫什麼奇怪的願望吧？
儘管覺得擅自去看實在過意不去，我還是轉過身——仔細看向結花的許願籤。

『我最喜歡小遊了　二年一班　綿苗結花』。

我趕緊撲向竹架，搶過結花掛上的籤。
結花一瞬間睜圓了眼睛……立刻又恢復往常那種正經八百的表情。
「佐方同學，還給我。」
不不不不！這種許願籤，想也知道不行吧！
我一邊留意四周的情形，一邊和結花匆匆移動到位於運動場角落的一棵大樹後頭。
「……等等，小遊，還給我啦。那是我最重要的願望。」

「呃……要吐槽的地方太多，我頭很痛。首先，這個根本不是願望吧？是妳的感想吧？」

「可是，人家真的這樣想嘛……」

「就算真的這樣想，妳還周到地署名掛上去，妳覺得會怎樣？『綿苗同學喜歡的小遊是誰？』這種八卦話題馬上就會傳開的。」

不可以小看流言的力量。

「接下來，萬一我和妳同居的事被大家知道……事情就會鬧得非常大吧？而且妳還是聲優和泉結奈，不留意旁人的眼光不行啦。」

對新進的女性聲優而言，爆出和男性交往的醜聞將帶來致命的傷害。

我想起就在前不久，有個女性聲優被發現和男友同居，在網路上被罵翻。

之前都是粉絲的人翻臉不認人地開始抨擊她，那種地獄的滋味——我絕對不想讓這麼努力的結花嚐到。

無論站在結花的未婚夫「佐方遊一」的立場，還是站在結奈的頭號粉絲「談戀愛的死神」的立場……我都這麼認為。

「可……可是！如果在籤上寫了謊話，不就會遭天譴嗎……」

「什麼？」

她這個觀點讓我意想不到，害我無意識地發出怪聲。

結花小鳥依人地往上看著我，並抿緊了嘴唇。

「所以我才會好好寫上自己的名字，希望把『我最喜歡小遊了』這種心意送上天河啊。」

「……呃，織女跟牛郎是神嗎？」

「──佐方，原來你在這兒啊？」

突然有人叫我，我和結花趕緊拉開距離。

接著戰戰兢兢地回頭看去。

「咦？為什麼綿苗同學也在？」

「……碰巧遇到。」

結花突然變得面無表情，一邊推了眼鏡一邊平淡地說出這樣的話。

雖然可疑得很露骨……但二原同學神情嚴肅，像是沒有心思去想別的事情，並未注意到結花的異狀。

握在二原同學手中的……是我的許願籤。

『希望她幸福』（簡而言之：希望結奈幸福）

◆

被我搶走許願籤的結花一直看著我。

我把結花的籤藏在身後，盯著二原同學看。

至於二原同學——她拿著我的籤，罕見地表情一本正經。

——這是什麼情形？

「首先，抱歉，佐方……我擅自看了你的許願籤。」

「啊，沒有……也是啦，嗯。」

「我知道這樣不好，但我還是要問……你說的這個『她』是？」

是的，是《愛站》的結奈。

如果我能立刻這樣回答就好了。

雖然我和阿雅在爭推角的時候吵很開——但社交能力偏低的我不希望公開說自己是御宅族而被傳開，所以不想坦白說出來。

「果然是這樣嗎？」

我默不作聲，就看到二原同學不知道想通了什麼，微微點頭。

接著嘆了一口氣。

「你也差不多該忘掉了啦，然後應該去展開一段新的戀情，讓自己high起來吧。這種事情就是要這樣。」

「…………妳在說什麼？」

二原同學似乎是對我說了良藥苦口的建議，可是……抱歉，我完全聽不懂。

不知道二原同學是怎麼解釋我的反應，她再度嘆了一口氣。

「你露出這樣的表情……果然是還放不下吧。在你心中，還放不下那個人。」

「哪個人？」

「別裝蒜了啦。我～說～的……就是來夢啊。」

來夢。

聽到這個名字的瞬間，我有種全身血液一口氣退去的感覺。

舊傷痛了起來。

以中二病的方式來說，就是「平靜下來啊，我被封印的右手！」那種感覺。

「還寫什麼『希望來夢幸福』……佐方，我說正經的，你最好忘了來夢啦。」

嚴格說來，是妳讓我想起的。

畢竟我是真的只想著結奈。

野野花來夢——那是我想忘也忘不了的，在國三時喜歡的同班同學的名字。

當時的我自以為是個「御宅族兼開朗角色」，讓人看了都於心不忍。

我得寸進尺，以為自己很受歡迎。

作夢也沒想到竟然會被甩掉——而她就是我表白的對象。

「我說，我們……要不要交往？」

「呃……對不起喔。這我沒辦法。」

我粉身碎骨的消息隔天就傳遍全班。

我被虧，被捉弄，最後拒絕上學。

跌入萬劫不復的地獄最深處時，就是一個叫作結奈的女神把我救了出來。

而象徵這段真正黑歷史的人物——就是野野花來夢。

「……佐方，你看，你都一臉有夠想哭的表情了。」

妳知不知道這是誰害的啊？

尤其這個開朗角色辣妹完全沒有惡意，才更棘手啊。

「嗯～～可是……也沒這麼簡單啊。嗯，姊姊懂你的。」

「到底誰是姊姊了？我們同年吧？」

「我二原桃乃這個精神上的姊姊，會為佐方赴湯蹈火！」

「我沒拜託妳這樣啊，真的！」

我都明白拒絕了，但辣妹一旦點燃就不會停下。

「ＯＫ、ＯＫ。果然要忘記一段戀情，就需要新的戀情。好～～我下定決心了！為了讓你能夠展露笑容，就由我來愛你愛個夠！」

「不，就說我沒拜託妳這樣了。」

「之前也約定過，到了暑假，我會去做一頓最好吃的飯給你吃！還會陪你睡，摸摸你的頭——就像照顧嬰兒那樣照顧你！」

「就說我沒——唔唔！」

我話還沒說完就有東西貼到臉上，讓我連呼吸都不順暢。

一種無以言喻的甜美芳香。

柔軟、溫暖，又舒……

——等等，這樣不行吧！

「唔唔，唔唔……噗哈啊！」

我全力把這東西從我臉上挪開，深深吸氣。

不出所料，我眼前——是二原同學有如飽滿果實的胸部。

沒穿整齊的制服上衣縫隙間露出了她迷人的胸部及乳溝。

二原同學雙臂用力一夾，強調出胸部。

「來～～……佐方？儘管對我撒嬌，感受我特大碗的愛。我會把你那些討人厭的過去……一起拋開。」

「我沒有要這樣，我真的沒有要這樣！而且，我真的已經對來夢……」

「不純異性來往。」

低於冰點的一句話，一瞬間將我和二原同學鬧得沒完沒了的談話一刀兩斷。

我戰戰兢兢地轉頭一看——發現眼神冰冷得駭人的結花。

「結……綿苗同學？」

「這裡是學校，不應該聊什麼喜歡、戀愛之類輕浮的話題。」

在許願籤上寫著「最喜歡小遊了」的人在說這種話。

「啊，抱歉，綿苗同學……妳說得對，這裡是學校嘛。」

二原同學因為結花的一句話，一口氣冷卻下來，快步走回校舍去了。

於是剩下的就是——我和結花。

「呃，我說啊，結——」

「……小遊是笨蛋～～」

二原同學一離開，結花的ＩＱ當場驟降。

接著她的臉頰高高鼓起。

以怎麼看都不像是才剛說出「不純異性來往」這句話的調調，小聲說了一句：

「……等回到家，我會讓你知道跟我打情罵俏才幸福。」

第4話 都七夕了，我就把我的黑歷史攤在陽光下吧

因為七夕而鬧得很忙亂的一天結束，一回到家。

我和結花並肩坐在沙發上，默默喝著咖啡。

「…………」

「…………」

結花的外表已經是居家款。

解開馬尾的頭髮，髮尾輕飄飄地散開。

她不戴眼鏡就會變成下垂眼，讓她看起來比年齡稚氣。

從不設防的居家服露出的胸口與肩膀是那麼美艷動人。

因為沒穿襪子，白嫩的腳美麗的曲線更是令人看得目不轉睛。

「呃，結花……」

「嗚哇～～小遊是笨蛋～～！」

我一開口，結花就爆炸似的放聲大喊。

接著用力擺動雙臂，視線往上瞪著我。

「小遊果然還是喜歡大的嘛！就像二原同學那樣！」

「不不不，我根本沒說這種話吧！而且結花，妳也太在意這件事了吧！」

「嗚～～……你也知道，有句話說大能兼小。」

我想那句話大概不是用在這種情形。

這是怎麼回事，她是對胸部尺寸有什麼自卑情結嗎？

結花就在我面前噘著嘴，很在意似的捏著自己的胸部……

「等等，不要這樣啦！」

「為什麼？因為我的胸部沒辦法讓你滿足？」

「才不是！是因為我會有奇怪的感覺，才叫妳不要這樣！」

這和大小無關，看到女生揉捏自己的胸部，高中男生會因此受到太強的刺激而死掉。各種層面的死掉。

——鈴鈴鈴鈴鈴鈴鈴♪

「唔哇！」

在這種時間點，我的手機鈴聲響起。

我背對結花，接起電話。

「喂？」

『唉……哥，你為什麼每次都不響一聲就接？這樣家教太差吧。』

這個一開口就用離譜的理由罵得我狗血淋頭的，是我的妹妹──佐方那由。

她國中二年級，跟著派任到海外的父親一起住。

順便說一下，我們家沒有母親。

忘了是幾年前，自從她離婚離開這個家之後，我和那由都聯絡不上她。

等等……到這一步為止，我和那由所受的家教根本都一樣吧？

這樣卻說我家教不好，會不會太沒天理？

『你幹嘛不說話啊？真的太扯耶。妹妹大人久違地好心打電話給你，你總該講一句動聽的話吧？』

「啊，嗯……好久不見。」

『唔哇，真的太扯。這種話，猴子也說得出來。』

「這說得太誇張了吧？」

『唔哇，還回嘴。這是性騷擾吧。太不妙了……親人裡面就有性騷擾者。』

我還是第一次聽到性騷擾者這個詞！

不過的確啦，對難得打電話來的妹妹這樣說話，也許有點太見外了。

我記取這個教訓，再度開口：

「最近過得好嗎？上次我們像這樣說話……是什麼時候了？」

『咦，好噁，我不行。』

結果換來完全否定。

「為……為什麼啦！我可是想到很久沒說話，關心妳一下……」

『我生理上就快頂不住了。說正經的，你應該把你對妹妹的愛表達得更能讓人感受到。』

「還……還愛咧……妳在鬼扯什麼，多難為情——」

『我才要問你，你在當真什麼啦？真的笑死。』

我已經差不多真的想掛電話了。

家妹這太任性的態度讓我嘆了一口氣，結果——

「呃，小遊……該不會是二原同學打來的？」

或許是因為我們一直到剛才都還在聊二原同學。

結花說出了方向非常離譜的誤會。

「不，怎麼可能？以前二原同學也不曾打電話給我吧？」

「那，呃……是來夢，同學？」

「這更不可能吧！」

我拚命否認，但結花手按下巴，一臉名偵探似的表情嘀咕著。

「……對喔，小遊說許願籤是寫給『結奈』的，可是……這個說法本身就是一種誤導，其實是給二原同學所說的『來夢』同學才是正確答案？這樣的話，這個時間點會打電話來的……果然是來夢同學嗎！」

「是哪裡果然了啦！這根本就不成推理吧！」

『……哥，你很吵。來夢？為什麼你會和小結提到那個臭女人？』

「說來話長，不過……我就先切換成擴音，可以告訴結花妳是誰嗎？在我們吵起來之前。」

『啥？煩……是沒關係啦。』

於是我開啟擴音模式，把手機放到桌上。

結花一臉正經地看著手機畫面。

接著，深深吸一口氣——

「妳好，我叫綿苗結花。請問，妳是誰？」

『……我的名字叫野野花來夢，乃是把佐方遊一的心搶走的淫蕩魔鬼。』

結花的尖叫聲迴盪在整個家裡。

那由……妳真的給我記著，下次見面有妳好看的。

◆

『對不起啦，小結……我真的在反省了。』

「小那是笨蛋！妳總該知道有些事情可以做，有些事情不可以做吧，真是的！」

『呃，這個……』

「妳聽好了，絕對不可以再做這種惡作劇了。知道嗎，小那！」

『……是，對不……起……』

那個目中無人又自由奔放的那由完全變乖了。

結花真有一套。換作我或老爸，可沒辦法這樣。

我正覺得佩服，結花就在我身旁垂頭喪氣。

變得像一隻垂下耳朵的小狗。

「……對不起喔，小遊。我的推理好像全都錯了。對不起，我這麼愛吃醋。」

「妳的推理的確是很迷……不過沒關係啦，妳明白了就好。」

我們互相鞠躬。

接著對看一眼，相視而笑。

『……這些也全都是那個叫野野花來夢的女人做的好事。』

開了擴音模式的手機傳來那由邪惡的說話聲。

『我只是想到日本現在是七夕，打個電話給你們……都是那個渣女……害我被小結罵。』

「妳被結花罵，是因為妳做了太奇怪的惡作劇吧？」

我吐槽得極其有理，萬萬沒想到那由竟然無視。

「欸，小遊，關於這個叫來夢同學的人，你已經……什麼感覺都沒有了？」

「對。坦白說，在二原同學提起前，我根本沒想起。」

『那當然了。那種魔鬼，從記憶裡刪掉就對了。』

我聽見那由用一種隨便怎樣都好的聲調發著牢騷。

結花對這樣的那由說：

「欸，小那，妳會這麼討厭……那個，叫來夢同學的人，她有這麼過分？就是她，那個，讓小遊……討厭三次元戀愛？」

『——那是哥國三的時候。』

「等一下，妳幹嘛！妳為什麼一副回想場面的聲調，開始描述我的過去？」

『今天會有這些爭吵，不就是因為哥沒好好跟小結解釋清楚才會鬧得這麼大嗎？你也差不多該面對黑歷史啦。』

呃，妳說的話我懂啦。

可是，妳可不可以體諒一下黑歷史被爆料的人會有什麼心情？我說真的。

『沒錯，國三那時候的哥——』

於是那由完全無視我的意見——開始對結花述說我的黑歷史。

我們家，父母不是離婚了嗎？

離婚後媽媽跑掉，所以爸爸沮喪得超不妙的。

搞得哥和我都覺得結婚這檔子事真是太扯了。

不過——哥在另一個方向上也是真的太扯了。

國中那時的哥，該怎麼說……得意忘形？

沒錯沒錯，自稱「御宅族但又是開朗角色」。光這個就讓人受不了又好笑。

這樣自我感覺良好的哥當然也是很那個沒錯啦。

可是更過分的……我連她的名字都不想提就是了。

更過分的就是「野野花來夢」這個玩弄男人的魔鬼。

到國三冬天為止，哥和她都還算感情很好吧。

野野花來夢……說得好聽是待人和善；說得難聽，就是個八面玲瓏的渣女。

那陣子哥會帶各式各樣的朋友來家裡玩。

野野花來夢也常常厚著臉皮跟來，不管對哥還是對倉雅——啊啊，我是指倉井——都笑咪咪的，表現出一副很活潑的樣子。

尤其對哥，距離感莫名地親近。在我看來是很噁。真的。

然後，就是想忘也忘不了的國中那年十二月。

哥大概也覺得有望了吧，就跑去向野野花來夢表白。

他的心情我也懂啦。因為她怎麼看都像是對哥有意思。

可是，那個魔鬼——卻殘忍地甩了哥。

光這樣就很扯了，結果到了隔天，哥被甩的消息已經傳遍全班。

雖然沒有確切證據，但我認為絕對是那女的幹出來的好事。

所以我就算到了陰間也不會原諒她。呿！

之後大概一週左右，哥都把自己關在房間裡。

我真的懷疑他一輩子都不離開房間了……結果他倒是撐過來了。

理由——小結妳總該知道吧。

就是小結演的那個……叫什麼來著的角色。

哥整個迷上那個角色，還說什麼「我要一輩子只愛二次元」……整個很不妙，但終究還是回歸社會了。

鏘鏘。

「唔喔喔喔…………」

我抱著頭在地毯上打滾。

還鏘鏘咧。

把我的黑歷史全無保留地爆出來……搞得我真有點想死啊。

『……不過，就是有過這麼過分的事情，所以要說哥還對野野花來夢有意思，我是覺得真的太扯了。如果真的有——就算得撿根鐵管來打，我也會把他打醒。』

那由以摻雜著憎恨的聲調輕描淡寫地說出可怕的話。

我氣喘吁吁，手撐著桌子起身。

「呼……呼……這、這個，我的黑歷史，就是那由說的那樣。所以，今天在學校發生的事情，完全是二原同學的妄想……結花妳也別放在心上——」

——一股輕柔撲來。

柔軟的感觸、溫暖的體溫、甜美的香氣……一起籠罩住我。

「結……結花？」

「對不起～～……小遊～～……我都不知道有這種事～～……」

結花抱著我嚎啕大哭。

其實妳明白就好啦。

「我，絕對……一輩子都會珍惜你的。我會很愛很愛你，直到你說不要，我都不會放手！」

結花非常感動地說個不停。

我抱著這樣的她，正煩惱著該怎麼辦。

於是那由——

『我說你們……要打情罵俏，可不可以先掛電話？……呿！』

第5話 【愛站第六名】關於叫蘭夢的那位就只是個冰山美人的角色

『我說遊一，今天……你不覺得光靠蘭夢大人的粉絲，就可以填滿整個地球嗎？』

我才不覺得。

RINE是一款可以免費互傳訊息與通話的通訊軟體。

阿雅透過這個軟體傳來的訊息，只能說莫名其妙。

今天會有「八個愛麗絲」的展演活動，等一下就要在網路上播放。

阿雅是去現場參加活動，所以特別興奮，這我懂……不過再怎麼說，也一定有迷其他人的粉絲啊。

「小遊，你為什麼表情這麼嚴肅？」

「啊，沒有，沒什麼。」

我瞪著手機畫面良久，聽到這句話才回神，抬起頭來。

這個從旁把頭湊過來看的——沒錯，是個可疑人物。

一個戴著墨鏡與口罩，頭上戴著針織帽的神祕少女。

明明是夏天，卻披著黑色長大衣。

如果我聽到的是粗厚嗓音，我會立刻報警處理——但我聽見的是個清澈動聽的女性嗓音。

應該說，是我熟悉的未婚妻的嗓音。

沒錯，不瞞各位說，這個可疑人物——如假包換，就是結花。

「……結花，妳這樣反而引人注目吧？」

「會嗎？可是，這樣就不會被人看出我是綿苗結花，也不會被看出是和泉結奈了吧？」

「是看不出來沒錯啦……」

結花不參加今天的舞台表演，而是受邀在相關人員特別席觀看。

為了避免和抽到現場座位的阿雅撞個正著，導致身分洩漏，她小心翼翼做出的防範措施就是這樣。

雖然相當可疑……不過也是啦，總比身分穿幫好。

附帶一提，現場參加的資格是從投票給「八個愛麗絲」的粉絲中進行抽選。

因此，投票給結奈的我在投票時就已經確定不會有網路觀看以外的選擇。

我……我也不會很傷心啦！

「唉……話說回來，蘭夢師姊好厲害。她出道的時期跟我差不了多久，卻已經站上這樣的大舞台。」

「畢竟冰山美人不管在什麼時代都很受歡迎嘛。也不是結奈的努力不如她，只是因為能戳中大多數御宅族癖好的就是蘭夢……」

我推的是結奈，就無意識地開始擁護她。

結花看我這樣，露出苦笑……我有這種感覺。

雖然她戴著口罩，看不出來。

「不只是這樣。我在同一間經紀公司看著，所以很清楚蘭夢師姊——紫之宮蘭夢這位聲優非比尋常地努力。掘田姊也說：『以前從來沒看過自我要求像蘭夢這麼高的聲優。』」

曾和她一起上網路廣播節目的掘田出流。

還有扮演蘭夢的紫之宮蘭夢。

這兩個人與和泉結奈隸屬於同一間經紀公司，算是她的師姊。

掘田出流是個已經在業界活躍了四五年的中階聲優，但紫之宮蘭夢與和泉結奈的出道時期並沒有差多少，屬於新進聲優。

她的演技和歌唱力的確是令人驚奇啦……

只是在我看來，和泉結奈也累積了相當多的努力。

「蘭夢師姊她啊，是個像天鵝一樣的人。」

結花崇拜地眼神發亮……我有這種感覺。

雖然她戴著墨鏡，看不出來。

「她在粉絲看不到的地方拚命划水，可是，絕對不讓粉絲看出來。在大家面前的她——是一隻優雅美麗的天鵝。這就是紫之宮蘭夢這位聲優。」

我盯著這麼述說的結花。

「小遊？你為什麼這樣盯著我看～～？」

「沒有，我只是覺得原來結花談起師姊時會有這樣的表情。」

雖然因為口罩和墨鏡，看不清楚就是了。

有著嚮往、尊敬，以及自己也不會輸的心意——像是有這各式各樣的感情摻雜著。

怎麼說呢……我有了一個感想，覺得她果然是位「聲優」。

「那麼小遊，我差不多該走了～～」

結花朝手錶瞥了一眼，整了整大衣衣襟。

「慢走，結花。」

「我走了，小遊……不可以因為我沒看著，就對其他愛麗絲偶像花心喔。」

「妳這就問得笨了。我——『談戀愛的死神』，就算天塌下來，目光也不會被結奈以外的聲優吸引走。」

我以正經的表情這麼回答，結花就「啊哈哈」笑了幾聲。

我也的確不可能去推其他愛麗絲偶像好嗎？

因為對我來說，結奈——就是這麼獨一無二的女神。

◆

『我說遊一，我止不住發抖啊……』

眼看活動就要開始，阿雅傳了RINE訊息來。

『你從幾點就在會場了啊？』

『我太期待蘭夢大人的活動，一覺沒睡，提早七個小時進會場！』

『……你就只有這種能量真的是不得了耶。』

今天甚至連精品都沒賣。

不過就算有賣，也幾乎不會有結奈的精品啦。

這種時候，看到人氣角色就會覺得不甘心。

——正當我想著這樣的念頭。

畫面突然切換，映出了舞台。

「歡迎各位來到《Love Idol Dream！Alice Stage☆》——『八個愛麗絲』展演活動，大家好愛麗絲～～！」

主持人宣告揭幕的同時，爆出了如雷的歡呼聲。

獲選的愛麗絲偶像們依序走上舞台，播放一段短片後，演唱自己專屬歌曲的短版——對粉絲來說是令人感動落淚的活動。

第八名、第七名。愛麗絲偶像照順序被叫上台——終於叫到第六名。

輪到阿雅推的角色上場了。

「那麼我們來介紹『八個愛麗絲』的第三位！獲選的是，不管什麼時候都冷靜沉著的冰山美人愛麗絲偶像歌姬——蘭夢！」

「呼喔喔喔喔喔喔喔喔喔喔喔喔！蘭夢大人～～～～～～～～～～～～～！」

明明是網路播放，我總覺得聽見了現場阿雅的喊聲。

接著——

「『八個愛麗絲』？這是當然的結果。你們知不知道我是誰？」

震耳欲聾的歡呼聲從畫面另一頭迴盪過來。

歡呼之盛大，讓人可以從中窺見她有多麼受歡迎。

接著舞台上——出現了她的身影。

「今晚也好好欣賞吧。就由我蘭夢大人，讓你們作一場不會醒的夢——大家好愛麗絲，我是飾演蘭夢的『紫之宮蘭夢』。」

她以輕描淡寫的口氣撂下這樣的話，露出了微笑。

及腰的紫色長髮。

身上穿的是無袖的荷葉邊連身裙。

遮到上臂的袖套。

脖子上的紅色頸鍊搭配一身紫色的打歌服，格外畫龍點睛。

紫之宮蘭夢一身胸口大開得令人無法直視的打歌服翩翩飛舞，拿起了麥克風，朝著會場說：

「獲選為『八個愛麗絲』是非常光榮的事。可是，我絕對不滿足。理由很簡單，因為在我之上——還有五個愛麗絲偶像。」

她說得輕描淡寫，聲調中卻蘊含著一種熱意，散發出幾乎能把所有觀眾都吞沒的氣場。

「我遲早會站上『八個愛麗絲』的頂點，因為那就是我和蘭夢的約定。蘭夢一定會成為最棒的偶像。你們只要……期待那一刻來臨就可以了。」

會場瞬間鴉雀無聲。

接著是一陣爆炸似的聲援風暴。

她的表演是那麼鶴立雞群，連推結奈的我都看得倒抽一口氣。

「蘭夢真不是蓋的！還是那麼冰冷，還有驚人的上進心！」

活動主持人朝著氣氛持續火熱的會場喊話。

接著大型螢幕上映出了蘭夢的ＳＤ角色。

她的兩旁還有結奈與出流的ＳＤ角色。

這就是那個嗎——活動用的短片。

雖說是ＳＤ角色，萬萬沒想到會讓結奈登場。

我亢奮程度爆升，停不下來。

『蘭夢！這次真～的！很恭喜妳！』

『結奈，妳頭低成這樣，脖子會折斷喔……不過蘭夢，這次的結果真的非常棒，簡直像挖到石油。』

『呃，出流……妳說挖到石油，聽起來像是碰巧成功……』

『結奈，妳這是什麼話？挖石油也需要縝密的探勘喔。我是在稱讚蘭夢腳踏實地的努力。』

『不，拿石油來比喻這件事本身就有點……』

『結奈、出流，謝謝妳們。可是妳們這樣——真的好嗎？』

『咦？這話怎麼說？』

『我和妳們一樣是愛麗絲偶像，是一起朝頂點邁進而持續鑽研的戰友。然而……現在不是為我慶祝的時候了吧？』

『蘭……蘭夢？可是，今天是個可喜的日子……』

『妳們兩個，跟我走吧。我們現在就去訓練，今天到晚上我都不會放妳們回家。我會徹底鍛鍊妳們，讓妳們追得上我。當然我——還是會凌駕在妳們之上。』

『『饒……饒了我們吧～～！』』

會場籠罩在笑聲中的同時，畫面轉黑。

對喔，她們三個隸屬於同一間經紀公司，才會有這樣的聯合演出啊？

『遊一……今天也許會是我的忌日。』

阿雅傳了往奇怪的方向亢奮的ＲＩＮＥ訊息，不過這也不能怪他。

要是自己推的角色被促銷得這麼用力，我有可能會太感動而休克致死。

獲選為「八個愛麗絲」果然是很重大的事情。

——不過，無論有選上還是沒選上。

我對結奈一心一意，這件事永遠都不會改變就是了。

「那麼各位，要牢牢烙印在腦海裡。因為今晚的我比平常更冷靜，卻又燃燒得……更火熱。要開始啦——《亂夢☆流星紫》。」

在她的喊聲下，探照燈一齊換成紫色，將她的全身照得妖豔動人。

同時播放起劇烈的節奏。

紫之宮蘭夢雙手握住麥克風，放低視線。

從她全身溢出的氣場強烈得無以言喻……

「謝謝各位觀眾的支持。以上是飾演蘭夢的『紫之宮蘭夢』的演出。」

紫之宮蘭夢深深一鞠躬，走向舞台邊。

不知不覺間，我對她大聲鼓掌。

紫之宮蘭夢確實有著連不推她的我都被震懾住的魅力。

——蘭夢師姊——紫之宮蘭夢這位聲優非比尋常地努力。

——掘田姊也說：「以前從來沒看過自我要求像蘭夢這麼高的聲優。」

結花說過的話在腦海中甦醒。

看了那麼高水準的演出，也就能夠理解結花說的話。

好厲害啊。不知道她幾歲，但年齡多半跟我們也差不多……

——震動震動♪

忽然間，我感覺到褲子口袋裡的手機在震動。

拿出來的手機在跳出的通知中顯示的……是結花傳來的ＲＩＮＥ訊息。

『小遊，你該不會看蘭夢師姊看得出神了吧？』

『我知道她的表演很厲害，可是……結奈才是第一，說好了喔。』

結花真不簡單。

我喜歡的點，我會亢奮起來的點，全都瞞不過她嗎？

我發現自己看著她的訊息就自然而然露出笑容。

我的確是看紫之宮蘭夢的表演看得出神。

但只有結奈是我的第一——這件事絕對不會改變。

第6話 【事實】高二男生涉嫌偷看女生游泳池上課，不出所料地死亡

啊～～……好沒勁。

愈來愈悶熱的七月氣候，讓我想到就煩悶。

《愛站》的活動後過了兩天，但我的興奮仍未消退。

那天的歡呼聲以及種種壓倒性的表演，我到現在仍然只要閉上眼睛就能鮮明地想起。

也會想起ＳＤ結奈可愛的模樣。

於是，第二節的體育課，我跑來觀摩，然而——

「嘿……遊一，你果然也在活動卯足了全力，已經沒有力氣了嗎？」

「別拿我跟你相提並論。我和你不一樣，昨天和前天都有好好來上學。」

阿雅現在癱軟地在我身旁一起觀摩，他從活動隔天就發高燒，昏睡了兩天。

我看這是智慧熱（註：出生半年到一年的幼兒發燒）吧。

因為在活動時用了平常沒在用的腦子。

我和阿雅抱著腿坐在運動場的角落，班上的男生們則在反覆進行短跑。

開朗角色跑得全身是汗，笑得很陽光……那是怎麼回事？該不會這些人是M？

我不管精神好還是累了，都完全不會有這種覺得跑步很開心的情緒啊。

相信阿雅對此也會同意——

「喔！遊一你看！我拿到出流的SR啦！」

「等一下！你為什麼若無其事在抽卡啦！」

「遊一，你反而應該想想……參觀體育課的時候，還能做什麼別的事情來消磨時間？」

「就好好觀摩啊，因為我們就是來觀摩的……」

我對這個光明正大拿出手機開《愛站》抽卡的呆子做出了理所當然的吐槽。

但阿雅的程度當然不是搬出這種大道理就會屈服的。

「你啊……活著不是為了看這種無聊的短跑吧？」

「別那麼極端。看別人短跑，我的確覺得很空虛，可是這和抽卡是兩碼子事吧？」

「我不會停的。《愛站》的未來有我！所以啊……遊一，不要停下——」

「你很吵，這樣會被老師發現啦。」

看吧，老師這不是來巡了嗎？

用講的已經不是辦法，我決定先把手機從阿雅手上搶過來。

阿雅不知道在抵抗什麼。

這傢伙有夠麻煩的。

「啊！」

「咦！」

搶著搶著──阿雅的手機從我手中甩出去，飛向後方。

手機掉在體育館旁邊的小路上，繼續在地面往前滑。

「你們兩個，有好好在觀摩嗎？」

「啊，有的，沒有問題！」

我對來巡視的老師做出這種不痛不癢的回答。

我和阿雅看著老師回去上課的同學們身旁。

然後──當老師的注意力完全從我們身上移開時……

「你搞什麼啊，真是的！看你做了什麼好事！」

「我是覺得過意不去啦，但是你也有錯啊！」

我們互相說些沒營養的話，一邊走向手機飛往的體育館旁小路。

路寬很窄，得側身才擠得進去。

阿雅和我依序側身擠進小路。

所幸手機就掉在進去沒多遠的地方。

「液晶還是好的……資料呢……」

「喂，趕快出來啦，阿雅。要是被老師發現就不妙了吧。」

「…………」

「喂，阿雅！」

「你這笨蛋！這可是關係到《愛站》資料生死的問題耶！我問你，結奈的生命和不被老師罵，哪一個重要！」

——鏗！

這句話對我產生了一種當頭棒喝的衝擊。

我呼出一口長氣。

然後用力搖頭。

「……阿雅，是我錯了。不管發生什麼樣的事，《愛站》的資料——愛麗絲偶像們的生命，都是無可取代的。」

「我一直相信你會懂的，遊一。」

我們就在原地重開阿雅的手機，嘗試開啟《愛站》的APP。

接著，經過一段讀取時間。

『——Love Idol Dream ─ Alice Stage☆　要開始了……做好覺悟了嗎？』

標題畫面顯示出來的同時，由隨機選擇的一位愛麗絲偶像喊出遊戲名稱，就是開啟遊戲的基本動作。

而現在，《愛站》順利開好了。

而且抽到的語音還是——蘭夢（CV：紫之宮蘭夢），簡直是奇蹟。

「好，太好啦，阿雅。」

「……嗯。蘭夢大人在祝福我們……光是這樣，我就夠了。」

我們兩個人一起鬆了口氣，由衷為一個生命順利存活的事實感到喜悅。

接著我們正要折回運動場——

「嗯？欸，綿苗同學，妳有沒有聽到什麼怪聲？」

「沒有。」

兩個耳熟的女生嗓音從不太遠的距離傳來。

我和阿雅倒抽一口氣，慢慢抬起頭。

仔細一看，牆壁只到我們脖子左右的高度，更上去設有柵欄。

而在柵欄的另一頭——

放眼望去，盡是穿著學校泳裝的班上女生。

「……喂，遊一，這裡是游泳池吧？」

「嗯……而且，女生正上課上到一半。」

今天的體育課，男生是在操場短跑，女生則在游泳池……記得是這麼說的，但我到現在才想起來。

映入眼簾的，是在游泳池裡游得水花飛濺的女生們，以及在游泳池邊談笑的女生們。

當然了，所有人都穿學校泳裝。

而距離我們最近的池邊站著的是——

「是說，綿苗同學一游完就馬上戴上眼鏡啊？虧我還想看看妳摘掉眼鏡的樣子～那樣絕對會有跟平常不一樣的可愛吧？」

「也沒有。」

把咖啡色頭髮綁成丸子頭，泳裝胸口顯得很緊繃的辣妹——二原桃乃。

以及馬尾總不能不解開，但莫名地一如往常戴著眼鏡，穿著合身尺寸的學校泳裝，看起來就很古板的女生——綿苗結花。

如果被這兩個人發現，事情一定會鬧大。

◆

「哎呀～～不過綿苗同學穿學校泳裝的模樣，真的是連同性都會看得入迷呢☆」

「也沒有。」

「該怎麼說，從下了游泳池弄濕以後，怎麼說……有種悖德的感覺？」

「也還好。」

結花的應對冷淡得驚人，但二原同學不放在心上，一直跟她說話。

這就是所謂對話的躲避球嗎？換作是我，幾秒鐘就會頂不住了。

不過無所謂。

趁她們兩個沒注意我們這邊，趕快回去吧，阿雅。

『——Love Idol Dream ! Alice Stage☆　比石油更寶貴的東西……就在這裡。』

這一瞬間，結花與二原同學的視線立即投注過來。

腦子裡立即變成空白。

「抱歉……可是啊，遊一，為防萬一，我沒辦法不開兩次來確定有沒有問題啊……！」

我今天真的後悔跟你當朋友了。

「……佐方、倉井，你們為什麼會在這種地方？」

「綿苗同學，這下錯不了……他們是來偷看的。唉呀……佐方終於也淪落到和倉井一樣的水準了嗎？」

她們在還留有水珠的學校泳裝上披上連帽衣。

結花面無表情，二原同學則笑咪咪地看過來。

……結花就是穿著那件學校泳裝，和我一起洗澡啊。

……當時是我被洗，所以沒有這種濕潤的光澤。

面臨人生的末日與猥褻的學校泳裝，我的腦子完全短路了。

二原同學手撐著膝蓋彎下腰，湊過來看我。

這一瞬間——胸部被擠得露出了溝。

「怎麼啦?佐方，想找我撒嬌啦？」

二原同學以甜膩的聲音對我耳語。

我往旁一瞥，阿雅竟然給我凝視二原同學的胸部，都不會不好意思。

「倉井……別看我。」

「為什麼啦！既然遊一可以看，我也——」

「囉唆！」

二原同學拿起手邊的浮板一揮，朝阿雅潑水。

「唔哇啊！手機，我的《愛站》啊啊啊！」

阿雅慌了手腳，快步逃往與運動場相反的方向。

——等等，為什麼你只顧自己跑掉啦！

「……你為什麼想跑？」

我也想跟上……卻聽到冰冷的說話聲。

我戰戰兢兢回頭看向游泳池。

——結花就站在那兒，一臉冰冷得不像人世間會有的表情。

「你來是為了用猥褻的目光看二原同學？下流。」

「不是啦，綿苗同學，想也知道佐方當然也想看綿苗同學啊～～」

結花的肩膀微微一顫。

「……誰知道？」

「那妳試試看？像這樣，把胸部擠一下……」

等等，妳等等！

結花，妳搞什麼！不要被辣妹的胡說八道給煽動啊！

「是……是這樣嗎？」

結花的胸部受到擠壓而凸顯出乳溝。

雖然物量上不如二原同學。

但從泳裝露出的那濕潤又白嫩的肌膚——漂亮得無以言喻。

「妳看，佐方看得有夠認真的！好好笑～～！你這色鬼～～」

「喂！二原同學，說真的，閉嘴！」

「喔？也不想想自己來偷看，還挺強勢嘛。要是我大聲喊人，你知不知道會怎樣？我看你會社會性死亡吧？」

「抱歉對不起請原諒我。」

「好～～很乖！」

我真的只是湊巧來到女生的游泳池……但這種辯解不可能管用吧。

因為這種狀況不管怎麼解釋，我們都完全會被判有罪。

為了避免社會性死亡，只能放下面子問題，設法和解。

「綿苗同學，二原同學，這次我真～～的覺得很對不起。要我做什麼來賠罪都行，所以，還請高抬貴手——」

「咦～～？我該怎麼辦好呢～～？」

二原同學手按臉頰，笑得賊兮兮的。

這個人完全把我當玩具了啊。

「……二原同學，就別管他了吧。」

結花在二原同學身旁轉過身。

然後以平淡的口氣說：

「男生就是這種生物，我才沒時間跟他們計較。」

「喔～～！綿苗同學超酷的！真沒辦法啊。那今天桃乃大人也就放你一馬吧？」

得……得救了。謝謝妳，結花。

等回到家，我會好好跟妳解釋情……形？

「…………？你看什麼……」

結花回過頭來，大概是注意到我的視線，手按在屁股上。

然後急忙把有點卡進去的泳裝整好。

「佐方同學……你好變態。」

然後，等上完課，放學回家後。

「小遊是笨蛋～～！好色！色鬼！男生……男生真的是喔！」

結花摘下眼鏡，換上居家服，放下頭髮後，先把我罵得狗血淋頭。

然後很小聲地……喃喃說道：

「……如果是在家裡，我就會讓你……看一下下了。」

第6話
【事實】高二男生涉嫌偷看女生游泳池上課，不出所料地死亡

第7話 【妄想】試著與和泉結奈約會了一下【成真】

一個我們兩人都沒有排行程的週六。

我和結花兩個人一起觀賞從以前就很想看的愛情喜劇動畫。

『……小南，妳這打扮……』

『好……好看嗎？今天是我們第一次出門約會，所以……我試著打扮了一下。可……可是……跟我這樣……男人婆的女生……不搭吧？』

『怎麼會！』

主角大聲回應的同時，一把將女主角摟進懷裡。

『咦……北……北斗？』

『想也知道很可愛吧。平常都那麼可愛的妳，打扮得這麼漂亮……那不是可愛到了極點嗎？我愛妳。我愛妳啊，小南。』

『——北斗。』

「……主角留瀏海克頭，真的是太創新了呢，小遊。」

「怎麼回事……就因為這瀏海克頭，台詞我都聽不進去。」

我們兩個人一邊發著呆看著動畫。

我不經意把想到的念頭說出口。

「真好……像這樣。」

「咦，哪個場面？」

結花似乎耳朵很靈，聽見了我說的話，盯著我看。

不，妳也不必像要把我射穿似的看我。

「該怎麼說，我是想到像這樣第一次穿便服約會的情境，就讓我很嚮往。」

「的……的確是啊！」

結花似乎被點起了火，從沙發上站起，高舉拳頭。

「我和小遊在家一起玩過很多事情，也一起上學，可是——除此之外不曾一起出門嘛！沒錯，我們出門約會吧！」

結花一副事不宜遲的模樣就要動起來，我趕緊阻止她。

「慢著，結花，妳冷靜點。」

「為什麼？我們就要開心地出門約會了耶！我會——好好打扮喔。」

「呃……在附近約會，被學校認識的人看到的可能性很高，所以不太能去吧？就算出遠門，假日也不知道誰會出現在哪裡……萬一被撞見，事情不是會鬧得很大嗎？」

「……哼～～」

結花對大力勸說的我嘛起嘴脣，只是一直露出不滿的表情。

「可是，人家就是想出門約會嘛……想和小遊開心地出門……」

結花表情沮喪，雙手食指互碰，開始嘀咕。

「我瞄！」

還特意說出口，看著我。

然後又一臉沮喪地垂下頭。

「我瞄！」

再度出聲，看向我。

然後又一臉沮喪地垂下頭。

「……妳是覺得只要這樣，我就會妥協吧？」

「我沒有～～我就只是在表明悲傷的心情～～」

「妳是小朋友嗎？」

「我就是小朋友～所以，開心的出門沒了，很難過～～」

啊啊，真是夠了。

我的未婚妻撒嬌的本事愈來愈進步啦，只有棘手兩字可以形容。

「……首先，我和綿苗結花約會這件事絕不能被發現。如果很難保密，今天就先中止——」

「那麼！」

結花抬起頭，露出太陽般燦爛的笑容。

接著伸直食指朝我一指——淘氣地說了：

「我知道了嘛……只要不被人看出是佐方遊一和綿苗結花約會就可以了，對吧？」

一小時後。

我一身白T恤上披著深藍色襯衫的輕鬆打扮，坐在客廳的沙發上。

下身穿的是普通的牛仔褲。

我覺得這樣一點特色也沒有，不過我就只有這樣的衣服。

不知道結花會做什麼打扮。

她說會好好打扮，但除了制服和居家服以外，我幾乎都沒看過啊。

會穿長裙，走典雅路線？

還是穿褲子顯苗條？

不管是那一種，能看到和平常不一樣的結花——都讓我有點期待。

「久等了，小遊！」

我正想著這些念頭，就聽到結花從走廊叫我。

然後客廳的門打開。

站在那兒的——

——是和泉結奈。

「……什麼？」

我用力揉揉眼睛，又看了一眼。

但站在那裡的不是綿苗結花。

怎麼看都是和泉結奈。

是和結奈做同樣打扮的聲優——和泉結奈。

「怎麼樣？這樣就看不出是我了吧？」

和泉結奈——更正，是結花，說完轉了一圈給我看。

我張大了嘴合不攏，茫然呆立。

一頭咖啡色頭髮在接近頭頂的高度綁成雙馬尾。

臉頰旁有所謂的鬢鬚在晃動。

粉紅色長版上衣與格紋迷你裙的組合。

裙子與黑色過膝襪之間有著迷人的絕對領域。

——這打扮完整重現了結奈的基本服裝啊。

「怎麼樣，今天是第一次出門約會，所以……我試著好好打扮了一下！嘿嘿嘿！」

「今天的活動，就此結束。」

「咦咦咦咦咦咦！為什麼，為什麼～～？」

好啦～～收攤收攤。

我一邊仰頭向天一邊從沙發上起身。

結花一副「絕不讓你跑掉！」的模樣抓住我的手臂不放。

「我不能接受……！我明明完美換上了不會被看出我是結花的打扮！」

「妳這完全是和泉結奈吧！」

「是啊！說到小遊喜歡的打扮……那就是結奈的打扮！而且，只要裝扮成和泉結奈，就看不出是平常的我，這不是一石二鳥嗎！」

「不不不，和泉結奈和一個無名男子一起走在路上，這才更會鬧出問題好嗎！聲優粉絲對聲優的男友相關話題可是很囉唆的耶。」

而且……雖說是二．五次元版的結奈。

要和全宇宙我最愛的她約會……我的心臟會受不了。真的。

◆

「哼哼～～♪和小遊～～出門約會♪」

結花在電車上搖晃，哼著奇怪的歌。

咖啡色長直髮上有著戴得很低的黑色鴨舌帽。

服裝是粉紅色長版上衣搭配格紋迷你裙。

「雙馬尾太醒目，把頭髮放下來」、「戴帽子遮臉」——記得我們是在這樣的妥協方案下，決定一起出門。

就算這樣，還是很可疑啊。

我忍不住有些心浮氣躁，擔心會不會醞釀出一種名人微服出遊的感覺。

「欸，小遊，你也開心嗎？」

結花說完，硬湊過來盯著我的臉。

由於化了妝，她的睫毛比平常更長，眼睛更是又大又圓。

可能還擦了香水，甜甜的香氣比平常更刺激鼻腔。

啊啊——是結奈。

就像有危險的藥物在大腦裡流動一樣，感覺得出我的腦功能漸漸停止。

全身力氣慢慢虛脫，臉頰自然而然放鬆。

這裡……是天堂嗎？

「欸～～！小遊，你有在聽嗎？」

「啊！嗯……嗯。我當然，很開心……」

「……真的嗎～～？總覺得你說得好生硬。」

結花嘟著嘴，盯著我看。

就近感受到她的呼吸。

——《愛站》沒有香氣與呼吸功能。想也知道。

所以愈看就愈覺得……有種結奈出現在現實世界的錯覺，讓心跳不由自主地加速。

「嗯～～……好！那就這樣！」

「————欸！」

（擠壓）

結花抱住我的手臂，臉頰貼到我的肩膀上。

隔著衣服傳來微微的體溫。

幸好她戴著鴨舌帽……因為如果不是這樣，被她柔順的頭髮搔動，我的心會當場壞掉。

「感覺……怎麼樣？」

「怎麼樣……呃……」

（擠壓～～）

結花抱我的手增加了力道。

啊……這我會死。

「怎麼樣呢？」

「我就是覺得壓力加大了。」

「感覺怎麼樣呢？」

（擠壓～～～～～～）

結花大概是判斷「這招行得通」吧。

她真心想弄死我。

「可愛！真的很可愛！我會心動得要死，所以妳先放開我！」

我感受到性命危險，忍不住做出投降宣言。

八成是對我的這種反應滿足了——結花放開我的手，一臉得意地說：

「嘿嘿！覺得可愛就好！」

就這樣，結花興高采烈地投入第一次約會。

這是臨時決定的，所以我們也不去什麼遊樂園或水族館這類比較時興的地方。

我們決定先挑個距離三站左右的市區，隨興散步。

「好～～！出門約會，要努力～～！」

出個門不用這麼用力吧。

我只是在白色T恤上披一件深藍色襯衫，一點都不時髦。

結花則穿著可愛的粉紅色上衣，咖啡色長髮（附鴨舌帽），實在太時髦。

我們這樣看在旁人眼裡會不會像是一對太不搭調的情侶，變得很醒目？

一想到萬一形成和泉結奈的醜聞，傷害到結花……我就坐立不安。

「小遊，我們去那邊的購物中心看看吧？」

明明是比較偏僻的地方，購物中心卻莫名地有點大。

總之我們先在一樓逛逛。

「啊，小遊，是書店耶～～」

我和結花一進書店，立刻走到漫畫區。

這部分就是御宅族之間的默契了。

「啊，小遊！這是剛才那部動畫的原作！」

「啊啊，就是那個龐克頭男的……呃，這已經出了二十三集？」

從那樣的狀況，到底是怎麼連載到這麼多集？

還是說，動畫是無視原作劇情，演出牽強的劇情？

「……啊，《魔滅怪刃》整疊整疊堆著。」

「啊，真的。也有完結篇。我是聽說賣到缺貨，根本買不到。」

我們一發現看過的漫畫，就會聊些有的沒的話題。

這和我們在家的交流沒有多大的區別。

但可能是因為結花打扮成結奈，總覺得——很新鮮。

「欸，小遊，那邊的服飾店，我可以去看看嗎？」

「嗯？沒關係啊。」

「真的？我聽說女生逛店逛太久，男生就會不耐煩……」

「這因人而異吧？如果要三四個小時那種程度就先不說，但我等一會是不要緊。」

說到這個，那由還在日本的時候，我就常被拉去陪她買東西啊。

要是我敢問一句：「還沒好嗎？」就會被罵：「啥？這點時間你都等不了，你沒女生要真不是蓋的。真的太扯。」

然後等到要回家，又會把大量的行李交給我，然後說：「哥，你是男的吧？讓妹妹拿這麼重的東西，太扯了啦。」

……那樣還是太蠻橫了吧？現在我是這麼想的。

「那小遊，你等一下喔！試穿的時候，我會請你幫忙看！」

結花留下這句話就匆匆跑進店裡。

我目送她的背影離開後，正想玩玩《愛站》——

「嗯？」

「咦？」

我和從眼前經過的一張熟悉的面孔——對看了一眼。

咦？為什麼？

虧我特地選了離我們住處有點距離的市區……

為什麼——二原同學會出現在這種地方？

第8話
【急徵】關於不讓女友被發現，在低調約會中回家的方法

做結奈打扮的聲優和泉結奈——更正，是我的未婚妻綿苗結花，走進店裡還不到一分鐘。

我莫名遇到了班上的辣妹——二原桃乃。

二原同學平常給我的印象，就是一身制服故意不穿整齊，但今天的她卻穿著粉紅色外套搭迷你裙。

外套胸前有著我沒看過的五色商標。

感覺……一點都不辣妹啊。

「竟……竟然會在這種地方遇到佐方……這該不會是，命中注定？」

「沒那麼誇張啦，就只是碰巧。」

「……唉，你真的很掃興耶，都不會講究氣氛。」

二原同學說著一個人大笑。

然而，當二原同學一身外套穿得整整齊齊，給人的印象就會和平常不一樣啊。

——我正想著這些。

「咦？佐方你該不會喜歡我這種打扮？一直盯著我看。」

「說盯著妳看也太難聽了吧！我只是好奇，覺得妳給人的印象跟平常不一樣。」

「嗯～～？這個，差這麼多嗎？你覺得我平常是什麼樣的形象？」

「開朗角色辣妹。」

「你還在說這個啊？就跟你說我是陰沉角色村姑了。」

我才要說妳怎麼還在講這個。

妳不是陰沉角色，更不像村姑吧，二原同學。

……嗯？對了，二原同學身後的手提著袋子啊。

「二原同學，妳手上這個是買了什麼東西嗎？」

「咦……沒、有、啊。」

二原同學唐突地變得吞吞吐吐。

這種露骨的不自然反應是怎樣？

「呃，如果不方便說就算了啦。我是看妳提著東西……而且這袋子，記得是那邊那家玩具店的——」

「我……我才沒有買什麼不方便說的東西！我……我只是……對了！我只是來買衣服的！」

她說著伸手一指。

指向剛才結花走進去的服飾店。

「咦！不不不，妳顯然就不是來買衣服的吧！如果我問了讓妳困擾的問題，我道歉，妳不用勉強自己進去啦！」

「我……我才沒有勉強！我從一開始！就是有事要來這裡！那麼，我會穿各式各樣的衣服給你看，所以……佐方，你要幫我挑好看的一套喔！」

「為什麼會變成這樣？」

我愈阻止，二原同學就愈堅決。

情勢已經鬧得不可收拾……

「……啊，還有，雖然這件事無關，佐方……我跟你說，這個車站附近有一家叫作『石灰燈』的咖啡館，你絕對不可以去喔。身為朋友……這件事我要先跟你說清楚。」

什麼？妳說什麼？

二原同學突然以正經的聲調說出這樣的話，可是……一連串的事情讓我方寸大亂，沒認真聽進去。

不過這件事就先不管。

更重要的是，這情形……相當不妙吧？

「小遊～～！這當中，你喜歡哪件衣服～～？」

這時——完全不知情的結花從帽子底下露出天真無邪的表情，跑了過來。

我趕緊查看二原同學有沒有發現。

……她似乎跑到更裡面去了，好。

「你為什麼東張西望？店裡有什麼讓你有興趣的——」

「啊啊，這件！我就喜歡這件！」

我趁結花還沒轉身，急忙隨意挑了一套。

「咦……這……這樣啊。原來你喜歡這樣的啊……好，那我就豁出去試穿了！」

不知道怎麼回事，總之結花用力點頭，跑向試衣間。

結果這時——

「喂～～佐方！你看你看，這件跟這件，你覺得哪件可愛，告訴我喔。」

緊接著就換二原同學跑來，還拿著衣服給我看。

她們兩個千鈞一髮地幾乎要撞見，讓我真的很慌。

我擔心結花跑回來，心浮氣躁地環顧店內。

搞得我沒有心思去看二原同學。

「就我來說，也是覺得這種典雅的感覺還不錯啦。可是，我還是覺得另一款這種積極進攻的感覺也不壞～～」

「選……選妳喜歡的就可以了吧？」

「有什麼關係～又不會少塊肉。我會穿你喜歡的衣服給你看，所以……你來挑嘛。」

我委婉拒絕，但辣妹不管我，一再進逼。

「啊，這位客人，您換好衣服了嗎？」

這時——唰的一聲響。

我聽見試衣間的簾子拉開的聲音。

不妙，時間到了。

「這……這件！我覺得可能比較好吧！」

「……唔，這類啊？也是啦，畢竟我是你精神上的姊姊嘛。我就把這種成熟的風格穿得漂漂亮亮給你看！」

二原同學自顧自地想通了，匆匆走向試衣間。

結花——從她身旁走了過來。

咿！但願二原同學千萬不要發現她是綿苗結花啊！

不知道是不是我許的願望上達天聽，又或者是因為結花和平常的模樣差太多。

二原同學完全無視結花，身影消失在試衣間裡。

太……太好了……

「小、小遊……我把你說喜歡的衣服穿起來看看……怎……怎麼樣？」

緊接著走來的結花莫名有些吞吞吐吐，我慢慢將視線轉向她。

——站在那兒的……

是從各種角度來說都很不妙的結花。

「結、結花妳穿這什麼衣服啊！」

「咦，好過分！明明是你說喜歡這個的！」

那是所謂——「童貞殺」的針織毛衣。

無袖的針織毛衣完全露出了肩膀與脅下。

背部甚至直接開到屁股的位置。

而且，今天結花原本就穿迷你裙……體表面積已經有一半都露出來了吧？

「話先說在前面，我穿這個可是很難為情耶！就算難為情，我想到既然你會開心，就穿上了……你卻把我當色情狂，太過分了吧！」

結花滿臉通紅，以罕見的咄咄逼人態度大聲說話。

店員們以為出了什麼事，尖銳的視線射了過來。

「對……對不起，結花……妳……妳好漂亮，我看得心臟怦怦跳——」

「佐～～方～～！」

就在這最壞的時機。

二原同學喚著我的名字，大動作擺動右手跑了過來。

——不知為何穿著旗袍。

◆

「……呼咦？」

「……咦？這哪位？」

一邊是肩膀、脅下與背都大膽露出，穿著「童貞殺」針織毛衣的結花。

另一邊是穿著旗袍，開衩處露出白嫩美腿的二原同學。

——這是不折不扣的地獄邂逅。

「呃～～……咦？佐方，這個超漂亮的人……你認識？」

二原同學似乎並未察覺眼前的她是「綿苗結花」。

這也難怪。

她處在這種穿著高度暴露，也沒戴眼鏡，又是咖啡色頭髮的狀態——猜得到她是結花反而奇怪。

「啊，啊～～……這……這個嘛，該說認識嗎，呃～～……」

「啊。是那種……所以，原來你的許願籤真的不是寫給來夢的啊！」

二原同學一身旗袍，雙手抱胸，連連點頭。

接著露出五味雜陳的表情笑了笑。

「你能擺脫和來夢的過去，我真的覺得很好！可是啊……虧桃乃大人我這個精神上的姊姊還想好好讓你撒嬌呢。萬萬沒想到你——竟然有個這～～麼漂亮的女朋友呢！」

二原同學說完，由下往上窺探把帽子壓得很低的結花。

「幸會。我叫二原桃乃，是佐方的同學！我們不是什麼可疑的關係，所以女朋友小姐也不要擔心喔。」

「女……女朋友……嘿嘿……」

結花，結花。

不要整張臉笑得沒有節制，連我都會不好意思。

或許是注意到我這種視線，結花她——露出了滿面笑容。

這——不是綿苗結花，而是切換到和泉結奈模式？

「真沒想到會在這種地方遇到小遊的同學，真嚇了我一跳！而且，你好漂亮喔！二原同學……我有叫對嗎？妳的頭髮顏色也好漂亮！」

「啊，妳說這咖啡色嗎？我還請設計師加了點黃色。所以，算是比較亮的咖啡色？」

「啊啊，原來是黃色啊，感覺真棒！而且妳穿這旗袍……感覺好成熟，好好看。可是——請問為什麼是旗袍？」

「聽妳這麼誇我，還真有點難為情，不過……這件衣服本身，呃，是佐方說我穿會好看？」

結花以超越人體極限的動作猛力轉頭瞪我。

從她不滿的眼神看來，我唯一可以確定的就是她言外之意是在責備我。

「沒有啦，那個……她問我哪一款衣服好，我就……隨便選一個。」

「隨便？哇，我真受不了你……虧人家是真的想穿你喜歡的衣服。」

這次換二原同學露出不滿的眼神。

被雙蛇合瞪，我這隻青蛙只能冷汗冒個不停。

「而且，該怎麼說……這衣服會不會太性感了？還是該說太色了……」

「才……才不是！這不是我的興趣，是因為小遊……因為他說喜歡這樣的！」

「……咦？佐方，我看你是變態吧……？」

「等等，二原同學？又不是我喜歡這樣的衣服！」

「咦！不喜歡還讓我穿這麼色的衣服？」

「不妙，這豈不是所謂的羞恥Play……佐方，你淪落到比倉井還不如啦。」

我大力反駁，反而愈描愈黑。

接下來有好一陣子……這兩位結盟的女性對我做出了超乎想像的責難。

三十分鐘後。

兩人換回自己的衣服，走出店門口。

「啊～～總覺得累了。」

「就是啊。簡直是一種讓人再也嫁不出去的羞辱……」

「說什麼呢，妳不是有佐方嗎？佐方他啊，真的沒有女人緣……所以只要妳這個女朋友不跟他分手，一定嫁得出去啦！」

「……呼咦？」

相信二原同學再怎麼敏銳，也不會想到我們已經訂婚了吧。

可是……這情形，該怎麼辦？

二原同學尚未發現「她」就是綿苗結花。

而二原同學不是御宅族，應該不知道和泉結奈，所以也不會想到「她」是聲優。

那就這樣讓二原同學繼續以為「我有女朋友」也沒問題吧？

不對——我要冷靜。

難道已經露出一臉「呼咦？」表情的結花能不露出馬腳？

……愈想愈覺得牽強。

這個時候，解釋成不是「女朋友」……應該還是比較好吧？

「二原同學，妳好像有誤會，所以我就說了……她不是我『女朋友』，是我『妹妹』。」

「「什麼？」」

結花和二原同學異口同聲。

「嗯？可是記得你的妹妹……說是去國外了……」

「這個週末，她剛好回來。然後我們久違地一起出來逛街……對吧，那由。」

「咦？啊，呃……是！我是『佐方那由』！是小遊的妹妹！」

結花似乎察覺了我的意圖，笑咪咪地一鞠躬。

明明事出突然，卻演得這麼好……真不愧是聲優。

之後就看二原同學會不會相信了——

「……呃～～佐方……我是真的有點不敢相信……」

二原同學以充滿輕蔑的眼神看著我。

不妙……果然沒辦法讓她相信嗎？

二原同學面對內心七上八下的我說了——

「竟然讓妹妹穿得那麼色，作為一個人……好噁。」

——就這樣。

我犧牲了自己的尊嚴，換來讓我們的祕密關係完全不洩漏出去。

結果是好的……我很想這麼相信。

如果不這麼想……我的心會死掉。我說真的。

第9話 之前我的人生卡關，但遇到結奈，讓我的世界改變了

「真是的！小遊是笨蛋～～！」

結花把黑色鴨舌帽壓得很低，即使走出購物中心仍鼓著臉頰。

咖啡色長髮被風吹得輕柔飄動。

同時飄來一陣比平常更甜的香水味。

「抱歉，結花。可是，我會擔心一旦我有女朋友的消息傳開，妳是我未婚妻的事，還有和泉結奈身邊有男性……這些事都會曝光。」

「小遊你操心太多了啦。」

「我才要說結花呢，妳太沒有身為聲優的自覺了吧？要是和泉結奈和圈外男性約會的消息在社群網站上傳開，事情一定會鬧得很大。」

在聲優身上尋求清純的粉絲到現在還是很多，真的。

可是結花的臉頰更鼓了。

「不過，說我是小那……我總覺得，感覺很不好。」

「二原同學和阿雅不一樣，沒見過那由，所以我想說這樣講會比編造一個虛構人物好。不過妳說得對，被說是講話那麼難聽的妹妹，感覺一定很差吧……」

「不是這樣！讓我不能接受的是，我被叫『妹妹』卻不突兀！我年紀又沒比你小！」

——什麼？

這是什麼意思？

我歪頭納悶，結花在我身旁噘起嘴脣。

「……被當成比你年紀還小，不就等於被認定很幼稚嗎？我是成熟的大姊姊。人家就像蘭夢師姊那樣，有表現出成熟的魅力。」

「呃……哪裡有？」

「啊～～！你瞧不起我～～！我還是應該穿著剛剛那件很性感的衣服，別換下來了！」

那衣服可不是成熟韻味這種次元的東西。

可是結花似乎就是不服氣，緊咬著下脣。

「我都是高中生了，被人很正常地當成年紀更小的孩子，讓我覺得自己好像很幼稚……這樣不是很難為情嗎？」

聽到她這番發言，我感覺到自己的手上灌注了力道。

於是我任由心中湧上的感情驅使，說出內心澎湃的想法。

「結奈她總是活力充沛，天真爛漫又少根筋。寂寞的時候會找人撒嬌，但我把她當小孩子看待，她又會反抗，裝成熟……有時候會想捉弄人，站在進攻的立場，但到頭來又會失敗，變得很可愛。這樣……這樣的一面，我覺得正是結奈的魅力。」

「…………什麼？」

「所以，我覺得結花會想『變成熟』，這點就像結奈一樣。可是到頭來會被『當小孩看待』，也很有結奈的樣子。對這點生氣，也一樣很像結奈——讓我覺得很佩服，真不愧是和泉結奈。真的。」

「……這是在嘲笑我吧？絕～～對是在嘲笑我吧？」

我的大力讚揚徒勞無功，結花的臉頰反而更鼓了。

然後她深深地，深深地嘆了一口氣。

「唉……小遊真～～的很不懂女人心呢。雖然——包括這點在內，我也很喜歡啦。」

這就是所謂……情到濃時無怨尤嗎？

結花一身結奈的打扮，發著牢騷似的嘀咕著這句話。

之後我們兩人也繼續天南地北地聊著，走向車站。

時間將近下午一點半。坦白說，我肚子很餓。

「啊哈哈，小遊，你肚子在叫耶。」

「畢竟我們也走了很久。還有，跟二原同學聊那些很累人，可能也是原因吧。等回到家，今天就省事點，吃泡麵解決？」

「嗯～～……我想想。」

結花面帶微笑，仰天思索。

接著她用力伸了懶腰。

「……小遊，我們可不可以多待一會？」

結花用有點撒嬌的語氣這麼說，讓我不由得怦然心動。

「妳這樣會不會太賊了？用這種——像是結奈的聲音說話，我會沒辦法拒絕好嗎？」

「哼哼～～♪聲音就是聲優最大的武器嘛！這是正攻法～～！」

還露出不知道在踐什麼的表情。

接著結花得意地哼著歌，把嘴唇湊到我耳邊。

「欸，這是結奈一輩子的請求……你不答應，結奈會討厭你喔。」

「咿！」

我急忙往後退開，跟結花拉開距離。

「我還以為耳朵要升天了呢……就說這樣太賊了啦！剛剛那是三月發布的『如果你畢業』裡面講到的台詞吧！」

「『談戀愛的死神』真不是蓋的，記得清清楚楚呢☆」

於是結花再度抱住我的手臂，把嘴唇湊到我耳邊。

「吃～～飯～～！我想吃飯～～！不然，結奈的肚子會餓扁，可能會～～當～～場～～消～～失～～」

「唔唔……這次是去年發布的『愛麗絲偶像　撒嬌討東西百局對決』的台詞……」

第9話
之前我的人生卡關，但遇到結奈，讓我的世界改變了

結花一波驚濤駭浪般的結奈語音攻擊，讓我的HP不斷逼近0。

結花賊笑著看著我的臉……她絕對是打算持續到交涉成立為止。

「……唉，這時段還挺容易被人注意到，所以我滿擔心的……不過，就一下子。真的就只能一下子喔。還有，也不可以脫掉帽子喔。」

「了解，小遊隊長！」

結花做了標準的敬禮動作，臉上卻是臉頰都要掉下來似的滿面笑容。

「結花，妳最近小惡魔度愈來愈高了耶。」

「活力充沛、天真爛漫，又有點小惡魔的結奈，不就是小遊你喜歡的嗎？」

像這樣動輒得寸進尺的一面，也和結奈一模一樣啊。

真是個不得了的聲優——真拿她沒轍。

◆

結果我拗不過結花。

我們決定去一家距離車站兩分鐘路程的咖啡館。

為防萬一，我盡可能選了客人比較少的地方，所以被別人發現的風險應該很低。

「……嘻嘻嘻～～」

我們剛在桌旁坐下喘口氣，坐在對面的結花就小聲笑了笑。

接著結花用指尖把帽簷往上一推，手撐著臉。

由於化了妝，眼睛看起來比平常大。

睫毛也比平常濃密。

嘴唇也顯得紅潤又飽滿。

說得保守點——就像結奈出現在現實世界。

「小遊，你臉好紅～～」

結花用手指玩著披到臉頰上的咖啡色頭髮，「嘻嘻嘻」笑了幾聲。

妳不也是滿臉通紅嗎……我想是這麼想，但總覺得說了只會自找麻煩，所以還是別說了。

「好啦，別顧著看我的臉，看菜單啦。」

「好～～嗯～～……該點什麼好呢～～小遊你呢？」

「我點冰咖啡就好。」

「咦？你決定得好快！」

結花趕緊拿起菜單，一臉正經地開始挑選餐點。

其間，女店員端了水過來。

看年紀大概和我的母親同輩吧。

「哎呀，我們店裡竟然有這麼可愛的情侶來，好開心。」

店員將水杯放到桌上，說道：

「這一帶不太會有外地人來，地方上的年輕人又會去車站另一頭的連鎖店。所以，會有年輕人──而且還是情侶來這裡，讓我好開心。對不起喔，打擾你們了。」

「啊，不……不會……」

看她熟練的感覺，搞不好是店老闆？

不過不管她站在什麼樣的立場──和不認識的人說話，我實在是很不拿手。

像去理髮店，我還真覺得是鬼門。

「我……我們！看起來像情侶嗎？」

我正窮於回答，結花就從超乎預料的方向切入。

店員一瞬間瞪大眼睛，但隨即面帶笑容回答：

「是啊，當然了。看上去就是一對討人喜歡的高中生情侶。」

「對吧！我們看起來同年吧！我不可能看起來像『妹妹』吧！」

「呵呵呵……像是一對可愛的同年級情侶。」

「好！」

真不愧是有老店風格的咖啡館，待客本事完美。

至於結花，像這樣強調才更孩子氣，不過……這樣很像結奈，就這樣也好。

「那麼，麻煩給我冰咖啡。」

「啊，呃，我要——漂浮冰淇淋汽水，還有特製聖代！」

「好的，請稍等喔。」

說著店員走向廚房。

至於結花，則以不知道在跩什麼的臉看著我。

「你看！」

「好好好。妳看起來真的像是跟我一樣高中二年級。」

「對吧對吧～～！真是的，二原同學有夠失禮～～！」

結花說著故意撇開臉。

「來，這是冰咖啡和漂浮冰淇淋汽水，還有特製聖代。」

剛才那位店員端來我們點的餐點，俐落地放到桌上。

我們先點頭示意，然後各自喝了自己的飲料。

「好好喝喔，小遊。」

「嗯，的確，和連鎖店有不一樣的滋味。」

「這也是沒錯，不過……只要眼前有小遊在，我就覺得什麼東西都好吃。」

結花笑著用湯匙舀起特製聖代。

接著送進嘴裡。

「嗯～～！好吃！滿滿的水果，好甜喔！」

「嗯。只看妳的表情都能感受到有多好吃。」

結花的表情變個不停，讓我忍不住笑出來。

結花朝著這樣的我遞出舀了冰淇淋的湯匙。

「小遊，來，嘴巴張開。」

「…………嗯？」

突如其來的轉折讓我不禁僵住。

結花視線往上看著我，小聲說：

「……上次我感冒的時候，你不就這樣餵我吃粥嗎？我都沒機會報答你，所以……好不好？

來，啊～～」

「不，也不用什麼報答——」

「有破綻！」

唔唔！

嘴裡一陣冰涼，緊接著——甜味慢慢散開。

「真是的，結花妳就是這麼硬來。」

「還不是小遊太倔強，我才會採用強硬手段。」

我們說著互瞪——然後自然而然忍俊不禁。

「來，小遊，這次乖乖張大嘴喔，啊～～？」

「好好好，知道了啦，真是的……」

我含住湯匙，發現嘴裡明明應該很冰涼，臉頰卻發燙。

但這冰淇淋的滋味——比剛才更好吃。

「謝謝光臨喔，可愛的小情侶。改天有空再來喔。」

我們付完帳，剛才那位女店員就爽朗地跟我們寒暄。

「我女兒年紀也和你們差不多……只是她太沒有戀愛緣，做媽媽的實在很擔心。」

這個時候……我的目光不經意看向店員胸口的名牌。

——「石灰燈店長　野野花」。

啊啊……我完全忘了這回事。

咖啡館「石灰燈」。

這裡——是野野花來夢的老家。

所以二原同學才會給我忠告，叫我別來。對不起，我都沒發現。

「小遊？怎麼啦～～？喂～～？」

我不由自主地陷入思索，結花就擔心地湊過來看我的臉。

「啊，抱歉。沒什麼，什麼事都沒有啦。」

接著付完帳後，我和結花一起離開了咖啡館「石灰燈」。

——遊一遊一！下次啊，來我們家咖啡館坐坐嘛。

——我爸媽很多話，所以我都不太會帶朋友去啦。

——可是我好想和遊一一起吃我們家招牌餐點特製聖代喔！

國三那個事件之前。

我和來夢有過約定。

…………約好一起在這個地方吃特製聖代。

「今天好開心喔，小遊！」

我耽溺在回憶中，結花在我身旁天真地笑著。

那是一種讓我看了都會感到幸福的笑容。

「剛才的特製聖代好好吃喔！好吃到臉頰都要掉下來了。」

「……嗯，是啊。」

想來那款特製聖代是招牌餐點，所以特別好吃。

然而我覺得多半是因為和結花一起吃──才會格外覺得好吃。

我沒說出口，但確實這麼想。

「那麼，結花，等我們回到家，就看看之前妳說想看的動畫電影吧。」

「嗯！啊，那我們買些點心回去吧？我們家就是電影院～～！」

「剛剛明明才吃過聖代，真虧妳還吃得下點心啊。」

「飯、聖代和點心，都是裝進不同的胃啊。」

「妳胃也太多個了吧。」

我和結花聊著這些沒營養的話題並且相視而笑。

接著，我回頭朝咖啡館瞥了一眼——在心中嘀咕。

雖然有過一番波折，我現在過得很好。

所以——妳也要好好過啊，來夢。

第10話 和泉結奈在自己家舉辦時裝秀↓衝擊性的結果

我躺在客廳沙發上。

一心一意地抽《愛站》的卡。

從今天開始的活動，叫作「愛麗絲大和撫子七變化☆　穿起各式各樣的服裝迎接你！」。

讓愛麗絲偶像們穿上與平常有落差的服裝，展現新的魅力——是神活動啊。

《愛站》的營運真有一套，很確切地掌握到我們玩家的需求。

——可是……

「不出……結奈都不出啊……！」

換作平常，已經差不多該抽到，今天卻一直沒有要出的跡象。

『喂，遊一！出流的ＳＳＲ，是護士服啊！』

阿雅的ＲＩＮＥ訊息跳出來，所以我俐落地回了。

『蘭夢的ＵＲ　女僕裝　出了』

才剛顯示已讀，ＲＩＮＥ電話就打了過來。

「喂，阿雅？」

『遊一……為什麼是你抽到我的推角啦！是ＵＲ耶。你……真的是人嗎？』

「不要只是抽到卡就把人說得像怪物一樣。有時候不就是會這樣嗎？這次的第一發，竟然就抽到了蘭夢的ＵＲ。」

『而且還是女僕裝……蘭夢大人穿上女僕裝耶！這是怎樣，豈不是樂園嗎……我乾脆去死算了。』

「為什麼啦？要死也等抽到再死好嗎？」

他就這麼沒完沒了地說起他對蘭夢的愛，所以我不留情地掛斷。

說來過意不去，不過我現在沒空陪你耗……阿雅。

因為我現在正為了得到結奈——在戰鬥啊！

「小～～遊～～！」

我正獨自對著手機熱血沸騰。

結果隨著客廳門打開的聲響，聽見結花在叫我。

「結花，怎麼了？」

我一邊用手機抽卡，一邊心不在焉地應聲。

我也知道雖然我們感情好，這樣仍然很失禮，但不抽中結奈，我就——唔喔，竟然是琉衣的

ＵＲ！

為什麼這次出了這麼多ＵＲ，但最重要的結奈就是不出啊……結奈平常都是普卡，轉個五發就會出的……

「小～～遊～～」

「嗯？什麼事啊～～結花？」

「小遊，小～～遊～～小遊？小遊♪遊～～遊～～？遊遊遊遊遊遊遊，小遊！」

她好像開始用各種不同版本的叫法自我主張了。

我感受到強烈的「理我嘛」這種壓力……

所以我一隻手拿著手機，慢慢抬起頭。

——我看見的是……

「嘻嘻嘻……你～～好～～小遊？」

一雙又大，睫毛又濃密的下垂眼。

像貓一樣圓嘟嘟的嘴。

還把她的註冊商標咖啡色頭髮綁成丸子頭。

結花——應該說是和泉結奈，穿著開衩很高的旗袍站在那兒。

「……什麼？」

這意料之外的光景讓我不由得發出怪聲。

結花看到我的反應後似乎高興起來，露出靦腆的笑容。

「怎……怎麼樣啊，小遊……心臟會怦怦跳嗎？」

「嚴格說來，我是很疑惑。為什麼妳穿旗袍——呃，這是昨天二原同學穿過的那種？」

「……對～是小遊叫二原同學穿，然後看得很開心的衣服～」

不知道為什麼，結花露出不滿的眼神看著我。

然後自言自語似的嘀咕：

「只要穿上同樣的衣服，我也不會輸給二原同學……所以呢，昨天我就先偷偷買下來了。怎麼樣兒？我穿起來好不好看兒？小遊？」

「妳那什麼半吊子的學中國人說話的語氣……」

我說真的，我的未婚妻到底在做什麼？

我不由得頭痛起來，決定先開導結花一番。

「我說啊，結花，我的性癖不是愛旗袍，而且也不是說二原同學穿上旗袍就怎麼樣——」

「那、那麼！這套怎麼樣呢！」

結花打斷我說話，乒乒乓乓地跑向走廊。

這次跑來的結花放下了頭髮——

「小遊……喵～～」

「結花妳是白痴嗎！」

毛茸茸的耳朵、毛茸茸的手套（附肉球）。

肚子的部分整個暴露出來的毛茸茸裝。

毛茸茸的短褲後面長出蹦蹦跳跳的尾巴。

簡單說——就是相當性感的貓女裝。

「這也是昨天我想到你會喜歡……就一起買下來了。」

「原來那間店是賣角色扮演服裝的嗎？」

「童貞殺」毛衣、旗袍、貓女裝。

怎麼想都覺得不是正常服飾店會賣的衣服。

「那這套你也看看！」

說完結花又消失在走廊。

不知不覺間，弄得像是和泉結奈的時裝秀了啊……

而這次，結花把咖啡色頭髮綁成雙馬尾——

「小遊！要不要一起運動？」

「連這種的都有賣？」

那是除了在二次元，不會再看到的三角運動褲。

結花把白色體育服的下襬塞進去，穿著深藍色三角運動褲，甩動雙馬尾，對我笑咪咪。

昨天那間服飾店果然是有違法規的店吧。

以前我還沒見過有賣三角運動褲的店，我說真的。

——就這樣。

我拚命想將注意力集中在別的事情上，然而……

坦白說，結花打扮成結奈的樣子，還穿上各式各樣的角色扮演服擺姿勢，面臨這種狀況……

我的心臟怦怦直跳，跳得幾乎讓我懷疑會不會突然不跳了。

「小遊，哪一套最合你的胃口？還是說，你喜歡……更不一樣的……」

結花一句話說到這裡。

她看到我拿在右手上的手機畫面，露出突然驚覺回神的表情。

結花什麼話都不說，就這麼跑向走廊。

第10話
和泉結奈在自己家舉辦時裝秀→衝擊性的結果

我想著不知道怎麼了，一邊看向自己的手機。

『結奈　ＳＲ　用眼鏡＆黑髮馬尾變成聰明的模範生！』

各式各樣的感情在翻騰，讓我差點忍不住喊出來。

結奈……原來啊。妳終於變成ＳＲ卡了啊。

所以這次才會一直抽不到。

我握緊手機，細細品味結奈稀有度提升的喜悅。

唉……就算是黑髮版本，結奈還是好可愛啊。

即使戴上眼鏡，綁馬尾，營造出正經的感覺，還是感受得到由內而外溢出的可愛氣場。

模範生感和可愛的複合款——營運果然有一套，做得漂亮。

可是……總覺得這外表有點像結花在學校時的模樣……

「佐方同學，你看這邊。」

結花以硬是比較平淡的口氣叫我。

我慢慢轉過頭，看向從走廊走回來的結花。

結果站在那兒的——是穿著那件「童貞殺」毛衣的學校款綿苗結花。

◆

綁成馬尾的黑髮，細框眼鏡。

綿苗結花以眼角有點上揚的眼睛，就像在學校時那樣面無表情地看著我。

——穿的卻是格紋迷你裙，配上背部全開的無袖針織毛衣。

「……怎麼樣？」

結花似乎對學校款的角色路線很入戲，說話口氣很平淡。

但打扮暴露很多，很勾引人。

……這悖德感太強烈，讓我都說不出話來了。

「我試著照這次的結奈打扮看看。」

「呃，的確是符合這次活動的主旨啦。」

「……怎麼樣？好看嗎……？」

咿！

結花露出的肩膀碰上我的胸口，在我耳邊輕聲細語。

搞得我耳朵一陣戰慄，全身都發麻了啊。真的。

「呃，我說，妳這樣用學校款結花的感覺，卻又穿成這樣靠近過來，我真的會心動，所以饒了我——」

「會心動，對吧？」

啊，不妙。

剛剛我完全按到了結花某種奇怪的開關。

「等一下喔，接下來我……會不一樣。」

——接著，綿苗結花的時裝秀……

更正，是Cosplay大會開始了。

「佐方同學，你這樣盯著我看……真下流。」

結花戴眼鏡綁馬尾，穿著旗袍，面無表情地把開衩的部分秀給我看。

從開衩處直接露出肌膚的白嫩美腿，讓我忍不住吞了口水。

「我是佐方同學的小喵喔……喵～～」

結花一副眼鏡女打扮，戴著貓耳喵喵叫，還用附肉球的手套朝我招手。

她眼角上揚，更增添了貓感，總覺得有濃厚的犯罪氣味。

「佐方同學……你想做什麼樣的運動？」

不不不，這不對吧？

為什麼是學校款綿苗同學模式，卻綁成雙馬尾？

我告訴妳，妳穿著三角運動褲，視線往上對我說出這種話，我的理智可是會崩潰的啊！

「佐方同學，這樣……好難為情。」

當然會難為情吧！是要怎樣發揮創意，才會想到在眼鏡底下戴著眼罩，穿著制服，卻用繩子把手綁起來？

我是沒有什麼S類的性癖……但我都覺得快要開啟新的一扇門了。真的。

「喵喵～～♪」

最後結花拿下假髮，換成居家模式。

接著，穿戴著貓耳＆毛茸茸短褲（附尾巴）＆露肚肚的服裝朝我招手，補上這最後一記精神攻擊後——

換穿平常的水藍色連身裙，一臉得意地回到客廳。

「就這樣，小遊！和泉結奈也就是綿苗結花，把所有版本的所有打扮都試過一遍了……哪一種最合你的喜好呢？」

我就像搭了幾十次雲霄飛車，氣力與體力都消耗殆盡，垂頭喪氣地坐在沙發上回答：

「妳問這個，是想怎麼樣……？」

她當和泉結奈的時候，就像結奈真的出現在現實那樣，不管性感還是俏皮，感覺就是那麼可愛。

當綿苗結花的時候，會讓我想到在學校那麼古板的她在我面前其實穿成這樣……這樣的悖德感，讓我覺得都要發瘋了。

在我心中是不覺得有哪一種比較高或比較低，不過……

「我在想要不要把小遊最中意的打扮，當成平常穿的款。因為我……不管什麼時候，都希望小遊開心嘛！」

聽到結花這番率真的話——我胸口一熱。

所以我直指著結花。

「咦？什麼啊，小遊？」

我對睜大眼睛的結花微笑，一邊明白地宣告：

「要說平常穿什麼，我最喜歡的就是妳平常穿的那樣。妳很放鬆，會笑會生氣，有時候會做一些奇怪的事情……和那種平常的結花在一起，最讓我自在。」

說完我才覺得自己說了不得了的話，從結花身上撇開了目光。

這樣是不是有點太耍帥了？

……我正這麼想。

「小遊，我最喜歡你了～～！」

結花飛撲似的緊抱住我。

我往下一看，發現結花把臉壓在我胸口，笑得像一隻幼犬似的。

果然還是像這樣一如往常……最讓我自在啊。

「啊，不過，如果除了平常的打扮，有想要我穿的衣服……要說喔。雖……雖然太大膽的，我會很難為情……但是我會盡量努力。」

這點倒是沒變啊。

不過也是啦，包括這種會在奇怪的地方努力的一面——這就是平常的結花啊。

第11話 【愛廣　爆料】關於蘭夢大人過度積極的問題

早上五點。

我在鬧鐘響之前就醒了，猛地坐起身。

身旁是動著嘴囈語，表情像隻放鬆的貓那樣睡覺的結花。

既然爆睡成這樣，應該暫時不會起床吧。

這是完美的情境。

「…………」

我悄聲走出寢室，到放在客廳的電腦前。

迅速打開我要開的網站，閉上眼睛，做了大大的深呼吸。

——我慢慢點開網路廣播的音源。

『各位聽眾，大家好愛麗絲。《Love Idol Dream！Alice Radio☆》——要開始了，做好心理準備了嗎？』

從去年年底就大受好評的《愛站》網路廣播節目——通稱《愛廣》。

這個節目沒有固定的主持人，而是每次找兩位愛麗絲偶像來主持節目。

節目內容前半是徹底入戲的談話，後半則是以聲優立場自由談話，對粉絲來說只能用神節目三字來形容。

這樣的《愛廣》，正如火如荼地進行「八個愛麗絲」發表紀念企畫。

和既有形式不同，找來參加節目的是「八個愛麗絲」之中的一位，以及兩名擔任其助手的愛麗絲偶像。

而這次——是這個企畫的第三集。

『只要能夠成為頂尖偶像，其他一切我都可以放棄。我要朝向高處，一路飛到底——我是為蘭夢配音的「紫之宮蘭夢」，還請多多指教。』

獲選為「八個愛麗絲」之一的「第六個愛麗絲」蘭夢。

十六歲，高中生。

她從小就去上音樂學校，不知不覺開始以站到偶像頂點為目標，一直嚴以律己地努力。

在和偶像有關的事情上，她是個對自己與對別人都很嚴格的冰山美人角色，但偶像以外的私生活……卻挺廢的。

就是這種冰山美人和廢人之間的落差撐起了她的人氣。

『我想成為大家的潤滑油。因為只要大家能夠和平地笑著，我也就能露出笑容——我是為出流配音的「掘田出流」～還請大家多多指教。』

愛麗絲排行榜第十八名，出流。

生在石油王家庭的十九歲。

她家境優渥，懷著想把「用錢買不到的笑容」送給大家這樣的想法，當愛麗絲偶像。

為人很溫暖，其實卻很堅強，這就是她的魅力。

『你為～什麼這麼沒精神呢？真是的……你要看著結奈。來，跟結奈一起笑，一定會很開心的！——我是為結奈配音的「和泉結奈」！還請多多指教！』

愛麗絲偶像第三十九名，結奈。

被妹妹奈奈美拉去當愛麗絲偶像。十四歲，國中生。

無論什麼時候都有著笑容，不知不覺間讓周遭的人也都露出笑容，這種天真爛漫又無邪的一面非常吸引人。

但她本人很在意自己孩子氣的一面，有時候會逞強地像個小惡魔那樣進逼，或是採取一些看

似成熟的行動。好可愛。

只是她本性少根筋，弄來弄去就是會失敗。好可愛。

像天使一樣清純，像妖精一樣純真。總之就是可愛。

以前的排名是倒數比較快，這次則一舉躍升到前四十名的潛力股之一。

——不過坦白說，這樣的排行榜沒有意義就是了。

畢竟在我心目中，結奈是壓倒性的第一名……哪怕天翻地覆，這一點也不會有所動搖。

「……呼～～」

我發現自己不知不覺間忘了呼吸，便深深吸一口氣。

然後維持跪坐在椅子上的姿勢，把全副精神集中在收聽《愛廣》。

和上次的活動一樣，這次的主角始終是「八個愛麗絲」之一的蘭夢。

而和她同一間經紀公司，在活動上也有很多互動的結奈與出流就被找來當助手。

……相信大半聽眾都是來聽蘭夢的吧。

這沒辦法，蘭夢的人氣就是這麼強大。

可是，這跟我無關。

無論蘭夢的粉絲有幾千人，我都會給結奈我一個人就凌駕在他們之上的聲援。

因為我不管什麼時候——都是對結奈「談戀愛的死神」。

節目也進行到一半。

角色對談結束，進入自由對談的單元。

『大家好愛麗絲，我是紫之宮蘭夢。』

『幸會～～我是掘田出流。大家好愛麗絲～～』

『大家好耐麗絲！……呃，我吃螺絲了！對不起～～～～……我是和泉結奈～～……』

『等一下等一下，小結，妳太快吃螺絲了啦～～』

吃螺絲的樣子也好可愛～～！

光聽吃螺絲這一段，就夠我配一百碗飯～～！

我在心中不斷揮舞螢光棒，對她送出聲援。

『唉……我這樣吃螺絲，大家會覺得我和結奈一樣呆呆笨笨的吧？』

『咦？現在才說這個？聽眾一定都覺得呆呆笨笨的啊。至少我們經紀公司的所有人都這麼想好嗎？』

『咦！真的假的？是掘田姊加油添醋了吧！』

『沒有沒有，不信妳問蘭夢。』

『蘭夢師姊！剛剛那一～～定是掘田姊說得太誇張了對吧！』

和泉結奈——更正，我的未婚妻結花，和掘田出流默契十足，一步步炒熱氣氛。

這是多麼大的長進，又是多麼努力。

我感動得有點想哭，一邊點著頭專心聽網路廣播。

『——不知道。我對這種事情沒有興趣。』

…………喔喔。

不愧是紫之宮蘭夢，冰山美人度太驚人了。

這就是她這麼受歡迎的祕訣……大概吧。雖然我是對結奈一心一意啦。

◆

之後，和泉結奈&掘田出流和樂融融地炒熱氣氛，而紫之宮蘭夢冷酷地一刀兩斷，這樣的流程不斷持續。

『掘田姊！請問為什麼妳叫我的時候會加個「小」字，叫蘭夢師姊就直接叫名字呢？』

『啊～～我沒特別想過，可能就是習慣吧。妳想，蘭夢的資歷也比較長。』

『起初我的確也被叫「小蘭」呢。』

『沒錯沒錯。可是蘭夢總給人一種——不適合叫小什麼的感覺吧？所以不知不覺間，我就改成直接叫她名字了～～』

『咦～～？這有種特別的感覺耶。太賊了啦～～掘田姊！』

『要說這個的話，小結妳還不是只叫蘭夢「師姊」？而且一般不太會叫「師姊」吧？』

『咦，是這樣啊？』

『叫「師姊」不就弄得很像是體育類社團嗎？拿《愛站》來說，琉衣的資歷就比我長，但我不曾叫她「琉衣師姊」啊。』

『啊，琉衣飾演女主角的動畫，妳們看了嗎？看到兩個人克服那種一喜歡上人就會死掉的病，真～～的好讓人感動——』

『小結，不可以提其他作品啦！』

她說的動畫，我們最近才兩人一起看過。

結花在之前參與的《愛廣》節目上，把我打碼成「弟弟」，然後把她跟我的事情對全國聽眾說個沒完沒了。

算我求妳，這次妳可別重蹈覆轍啊。

因為那真的只差一步就是播出事故了。

『啊，這部動畫，妳該不會和妳弟弟一起看了吧？』

『看了！動畫也是棒透了沒錯，但我更喜歡弟弟！』

掘田出流，妳提這件事做什麼啦！

我無力地趴倒在鍵盤上。

『蘭夢不知道吧？小結對她弟弟的愛可是很反常喔。』

『是這樣嗎，結奈？』

『是！我到東京來，現在和弟弟兩個人一起住！我弟弟有夠可愛的！超厲害的！他的可愛！滿出來了！』

『妳是有沒有這麼興奮……小結，妳知道對弟弟下手會違法嗎？』

掘田出流，妳自己提這話題，不要連自己都嚇到好嗎！

妳都點燃炸彈引信了，就要好好處理啊！處理！

『結奈——妳有多喜歡弟弟？』

『全宇宙最愛。』

紫之宮蘭夢傳出殺手傳球，結花立刻做出回答。

在全國收聽的節目上，對打碼成弟弟的未婚夫表白……這是什麼情形？很難為情，而且萬一穿幫，我唯一能看見的未來就是被粉絲血祭。

『他們會一起睡覺，一起上學，很不妙吧？算我求妳，至少千萬不要鬧出案子啊，小結。』

『什麼叫案子？掘田姊還是一樣，想事情的方向也太色──』

『……我，全宇宙最愛的就是「偶像」這份工作。』

紫之宮蘭夢打斷兩人的談話，以強有力的語氣丟出這句話。

『為了成為頂尖偶像，我有捨棄一切的覺悟。我決定要把「愛」這種感情全都投注在粉絲身上。所以──我對談戀愛這種事沒興趣。』

『……呃，蘭夢師姊？我是在談我弟弟……』

『對不起喔。因為妳的表情簡直像是戀愛中的少女。雖說是家人……偏愛到這種程度，就讓我覺得有可能會阻礙妳在偶像這條路爬上顛峰。對，我就只是想到而已，但路要怎麼選──也是妳自己決定，所以妳儘管照妳的意思做就好。』

『蘭夢真不簡單！妳的嚴以律己在愛麗絲偶像當中真是數一數二～～！』

掘田出流說笑，但我想──多半是故意的。

多虧她這幾句話，讓氣氛緩和了些。

紫之宮蘭夢的嚴以律己，與和泉結奈天真無邪的少根筋，這兩者調配在一起……只要弄錯一步，難保不會發生大爆炸。

身為「談戀愛的死神」的直覺這樣對我耳語。

『……我的情形是很喜歡弟弟，當然也很喜歡粉絲，還有一起努力的愛麗絲偶像們也很喜歡。我——就是這種懷著滿～～滿的愛，笑著說「好～～我要加油！」的類型。』

『妳所謂很多的愛，我全都會獻給偶像這份工作。把容量有限的愛全都投注在偶像工作上——我會透過這樣的方式，下次就要登上愛麗絲偶像的顛峰「頂尖愛麗絲」。』

『——我……我要獻出所有的石油！愛與油會拯救世界喔。』

兩人的主張互不相讓，掘田出流以角色語音的台詞插話。

看到前輩聲優打圓場，兩人似乎總算察覺不對，切換成角色語音狀態。

『結……結奈呢！最大的幸福，就是大家都面帶笑容！所～～以～～呢……今天也會好好當個偶像！』

『我一定會登上「頂尖愛麗絲」。你們儘管期待那一天的來臨吧……可要跟緊我，別被甩掉了。』

『哎呀～果然不同角色的想法也不一樣呢。除了我們幾個，還有很多很多充滿個性的成員！《Love Idol Dream！Alice Stage☆》——還請大家多多支持與愛護～～！』

《馬上退休！神奇少女》的藍光光碟，現正大好評發售中☆

第二集的初回生產版收錄迷你劇場《下雪世界的公主（？）》。

這次還附贈「那個」後進魔法少女的簽名胸針，價格是六千三百圓！

保證讓大家被魔法少女的魅力萌死！

不買的傢伙——我可要把你們收拾掉喔☆

◆

「呀啊啊啊啊啊啊啊啊啊！」

「嗚哇！」

掘田出流漂亮地結束對話，切換到廣告時，室內傳來了尖叫聲。

我急忙回頭一看，看見頭髮睡得亂翹的結花。

「我不是說過……不可以趁我睡覺的時候聽嗎！」

「妳反過來想，為什麼妳覺得我會不聽有結奈的神集？」

「你很囉唆耶～～不要厚起臉皮好嗎！」

結花用力揉著眼睛走過來，粉拳連打我的胸口。

「……我不喜歡這一集啦～～因為我被蘭夢師姊的話激到，說話變得帶刺～～……」

「也不到帶刺的程度啦……所以妳是那麼不想被我聽到自己的這種態度？」

「……不是啦。」

結花把臉埋到我胸口，小聲說：

「我明明是去聲援蘭夢師姊，卻讓她不高興。我是對這樣的自己很沮喪……所以我才不喜歡這一集嘛。」

聽到這句話，我覺得一陣溫暖。

嚴以律己的紫之宮蘭夢，與天真無邪的和泉結奈。

兩人的主張沒有交集，但結花的本性——始終是充滿了體貼。

我特意什麼都不說，摸摸結花的頭。

因為我想到，對這個心地善良的未婚妻……我要盡量多回一些笑容給她。

啊——順便說一下。

《愛廣》接下來的部分，我趁結花睡著後聽完了。

結花的心情我懂。

但收聽結奈參與的節目這一點，我不能退讓——畢竟我身為「談戀愛的死神」。

第12話 【不妙】對班上女生隱瞞我有未婚妻，結果事情鬧大了

「小遊，明天起就是暑假了！」

馬尾配眼鏡。

夏季制服的上衣照校規穿得整整齊齊。

結花做這種在外款的打扮……只有表情是在家款的傻笑樣。

這樣的落差讓我忍不住笑了出來。

結花在外不起眼，是個模範生。

在我面前，卻是個充滿活力又少根筋的女生，還是老樣子。

「好想再像上次那樣，出門去逛逛喔～～」

結花一邊回想一邊露出笑容，手按著嘴。

等一下等一下，曾經過的人已經漸漸變多，我們換成學校模式吧。

「畢竟是暑假嘛，會想出門我是懂啦……不過要限定人少的地方喔。」

「咦！那名稱叫東京卻位在千葉的那個主題樂園……」

「最不行的就是那裡吧！換地方換地方。」

「呃，位於池袋的那間很陽光的水族館……」

「那裡人也很多啊……好啦，我們再想想吧，慢慢想。」

「也對。我們的暑假才剛開始嘛……！」

還沒開始好嗎？

結花沒來由地起勁，讓我覺得有點好笑，忍不住噗嗤一聲笑出來。

但來到大馬路上之後，我們一如往常。

我和結花錯開時間，各自邁開腳步。

「佐方佐方～～！等到了暑假，小那又會回來吧？」

就在我在自己座位坐下的同時。

二原同學一臉天真無邪地找我說話。

坐在我後面的阿雅對這句話有了反應，露出狐疑的表情。

「小那？為什麼二原會提到小那啊，遊一？」

阿雅國中時就來我家玩過很多次。

所以他當然知道我家的情形，也認識那由。

雖然……那由那種個性對阿雅都只採取辛辣的態度，一副「啥？倉雅，真的太扯」的樣子。

「呃～～啊～～……她、她正好回來幾天，我跟她出門的時候，恰巧撞見二原同學。」

「出門？一起？跟那個小那？」

「和佐方很要好地一起去買衣服呢，倉井！」

「跟小那……去買衣服？」

阿雅扭頭湊過來看著我，以感同身受般的表情說：

「遊一，你一定很辛苦吧……跟小那去買東西，就表示你只能一直枯等到她買完，最後還讓你拿一大堆東西吧？一定很累吧，遊一……你好努力，我都感動了……」

阿雅，阿雅。

你的心情我懂，但真的不要做這種太過火的反應好嗎？

「嗯？只能一直枯等？感覺不像那樣吧？」

二原同學歪頭納悶。

我感受到全身血液一口氣退去的感覺。

「佐方還叫小那穿了超色的毛衣。小那也真的穿起來，想讓佐方開心——害我窺見了佐方糟糕的性癖呢，說正經的。」

「小那她！穿上超色的毛衣！為了遊一——！」

抱歉，阿雅，我可以揍你一拳嗎？

你的疑問很有道理，但你這種反應——會搞出很多麻煩啊。

「這……這這這這是怎麼回事啊，遊一？」

「呃，那個，事情很複雜……」

「什麼叫作複雜？你那個女王系妹妹小那，為什麼去到國外就變形成了為哥哥盡心盡力的喵喵妹妹了啦！」

「你把別人的妹妹當什麼了！」

「……倉井，你這樣未免太噁了喔。」

我和二原同學同時損了阿雅一句。

但比起攻擊阿雅，二原同學似乎更在意認知上的偏差，於是對阿雅問起：

「欸欸，倉井，你知道的小那是怎麼樣的女生？」

「嗯？要說小那，簡單說就是個很中性的洗衣板角色吧！服裝也都穿牛仔外套，讓人有點分不出是男生還是女生——」

「洗衣板……倉井你就是總用這種眼光看女生，才會毀滅性地沒有異性緣吧？身為女生，真的會被你嚇跑。」

「咦？我……這麼沒有異性緣？」

二原同學不經意說出口的話，讓阿雅啞口無言。

但二原同學根本不管他，朝我逼近過來。

「中性……？小那整個就很少女吧？又留長髮，眼睛也有夠大，說話口氣也是……」

「就……就是改變形象吧？那由也到了這年紀，所以受到朋友影響，和阿雅知道的那時候已經不一樣了，就是這樣！」

「……可是就算這樣，一般人會為了哥哥穿那樣的毛衣嗎？嗯～～……可是，我是獨生女，不太清楚一般兄妹的感覺……對吧，綿苗同學！」

「————什麼？」

二原同學似乎想尋求其他女生的意見，便叫住了一個正好走過的女生。

好死不死，這個女生偏偏是結花——命運捉弄的感覺強得非比尋常。

「欸，綿苗同學，妳有沒有弟弟或妹妹？」

「……有是有。」

「我是不知道是弟弟或妹妹啦，但如果這個弟弟或妹妹說：『姊姊，妳穿這衣服看看。』然後要妳穿的是有夠色的衣服……綿苗同學妳會乖乖穿上嗎？」

「……我不太懂妳問這個的意思。」

結花眉毛動也不動一下，平淡地回答。

也是啦……就算不是結花，聽人問起這種莫名其妙的問題，也只能這樣回答了吧。

「綿苗同學，說說妳的主觀感受就好……告訴我，好不好？如果弟弟妹妹對妳說：『姊姊，妳穿這衣服看看。』然後交給妳一件很色的衣服，妳會怎麼想？」

結花重重地嘆了一口氣。

然後下巴猛一抬，露出輕蔑的表情。

「——不要耍人了。」

她的聲音冰冷得令人發抖。

聽到這樣一句話，連二原同學也說不下去。

「我會這麼想。那我走了。」

結花說完的同時，宣告晨間班會開始的鐘聲響了。

這麼鬧了一陣，至少在這個當下——我總算成功迴避了有關「那由」的話題。

◆

「啊，結花，要喝茶嗎？」

放學回家後，我首先就開始燒開水。

還順便從櫥櫃中拿出別人送的蜂蜜蛋糕。

「怎……怎麼啦？小遊？」

看到我這樣，結花大為動搖似的張大了嘴。

平常都是結花先幫忙泡茶。

可是，我無視結花這種理所當然的疑惑，淡淡地準備茶水。

「啊，除了蜂蜜蛋糕，也有仙貝，要嗎？」

「到～～底～～是為什麼要這樣，和平常都不一樣～～？」

結花拿下髮圈，解開馬尾，把眼鏡放到桌上，抬頭用裸眼瞪著我。

她尚未換成居家服，感覺像是介於學校的結花和家裡的結花之間，有點新鮮。

接著結花盯著我的臉，噘起了嘴唇。

「小遊你該不會在生氣？」

「我怎麼可能生氣。來，喝茶啦，結花。」

「那……你有什麼問心有愧的事情？一定有吧～～！」

結花突然加強火力，舉起雙手抗議：

「真是的，小遊是笨蛋～～！雖然我也不清楚是怎麼回事，總之你是笨蛋笨蛋～～！」

「妳……妳冷靜點啦！不是問心有愧……我反而是擔心妳是不是在生氣。」

「……呼咦？我？對小遊？為什麼？」

結花放下雙手，張大了嘴。

我有點猶豫地對這樣的她開口：

「二原同學她啊，不是問妳如果妳有弟弟妹妹，要妳穿很色的衣服，妳會怎麼想嗎？然後妳的回答是——」

「——不要耍人了。」

結花用極為冰冷的聲調說出這句話。

雖然是摘下眼鏡，眼角下垂的結花，現在我卻覺得她的眼角因為怒氣而上揚。

看到這樣的結花——我跳起來，然後膝蓋輕輕落地，低下頭。

也就是所謂的跳躍跪地磕頭。

「欸！小遊，你做什麼？」

「對於本次我做出非常對不起您的事情，我深感遺憾——」

「就～～說～～你到底在講什麼啦～～真是的！」

呃，畢竟——

雖說是各式各樣的不幸同時發生所造成，我的確讓結花穿上了很暴露的衣服。

我覺得結花很起勁地為我表演了一場時裝秀……但內心其實在輕蔑我。

而且像在廣播節目上，結花也說我是她的「弟弟」。

所以——我覺得，結花是不是在對我說「不要耍人了」……

聽到我的這番獨白，結花重重嘆了一口氣。

「呃……小遊，你是白痴嗎？」

我維持跳躍跪地磕頭的姿勢戰戰兢兢地只抬起頭。

我看見的是手撐著下巴，為難地皺起眉頭的結花。

「呃～～我之前也說過我有個讀國中的弟弟吧？雖然只有我來東京，所以他還待在家鄉。」

這我記得。

之前那由回來，把家裡搞得烏煙瘴氣那時候，她就提過這樣的事情。

「他總是不把我當『姊姊』，當我是年紀比他還小的妹妹，常常捉弄我……真的是一點也不可愛！所以，如果我家弟弟對我做出二原同學說的那種事情……我想我會覺得『不要耍人了』。事情就只是這樣！」

「呃……那關於我前天做的蠢事……」

「不要一一問出來啦，真是的……」

結花忸忸怩怩地開始玩制服的裙襬。

然後用力閉上眼睛。

「如……如果是給小遊看！雖……雖然很難為情……可是，給你看也沒關係嘛！」

結花說完，一張臉變得通紅。

看著這樣的結花，連我都覺得臉頰發燙。

「就……就算這樣，如果你老是拜託我做太色的事情……我可不喜歡喔。」

「我……我才不會！不……不用擔心啦……」

我們變得語無倫次，互相對看。

結果結花將她那水潤得像要融化的眼睛……輕輕閉上。

嘴緊緊閉上，微微顫動。

——這一瞬間。

我想起了結花只為了我一個人，在家辦了一場迷你現場表演的那一天。

我無意識地輕輕擦拭自己的嘴唇。

然後……手放到結花肩上。

「……嗯！」

結花小聲悶哼。

可是，仍然維持緊閉雙眼與嘴唇。

我有了一種周遭的聲響一齊消失的錯覺。

彷彿這個世界只有我們兩個人，一種亦夢亦真的感覺。

接著——

我慢慢地……

將臉湊向結花的嘴唇——

「……喂～～！佐～～方～～～！」

門鈴響起。

同時玄關外傳來耳熟的嗓音……我和結花不約而同地分開。

接著兩人對看一眼。

「剛……剛剛那是二原同學的聲音，對吧？」

「你……你和二原同學！原……原來是那種會讓她來家裡玩的關係？」

「才不是！就因為不是，我才這麼動搖！」

我們說話的時候，門鈴還在叮咚叮咚地響個不停。

「好奇怪啊～室內的燈是亮著的啊……佐～～方～～！」

完全不知道怎麼回事。

看來也只能先去應門再說了……

「……怎麼了，二原同學？」

我打開玄關的門，看著來訪者的臉。

她穿著粉紅色外套與迷你裙，以及遮到大腿的長靴。

二原同學穿著這身和在學校時印象很不一樣的便服——露齒一笑。

「嗨，佐方！我來找你玩了☆」

……？

呃…………為什麼？

第13話 【修羅場快報】有未婚妻在的家，被辣妹找上門來了耶……

「哦～～這裡就是佐方家啊？一個人住會不會太大了？」

「老爸和那由也一起住的時候是很正常，不過的確啦，『一個人住』可能就太大了點。我是『一個人住』，所以感覺很大啊！」

我盡可能強調「一個人住」這件事。

為了避免她多所揣測。

「倒是二原同學……妳為什麼突然跑來我家？而且應該說，妳為什麼知道我家在哪？」

「我之前不是說過～～！『到了暑假，我會去做飯給你吃！』所以我就跟倉井問了地址。」

阿雅……

她的確說過要來做飯之類的，原來那不是玩笑話？

我不太會辨別辣妹的真心話跟玩笑話。

「啊，對了！下次把倉井和其他人也都找來佐方家玩吧！」

二原同學天外飛來一筆的發言，讓我忍不住噴茶。

第13話
【修羅場快報】有未婚妻在的家，被辣妹找上門來了耶……

我猛力搖頭表示拒絕接受。

「我說啊，二原同學，我和妳不一樣，不是開朗角色，不會找大家來玩。開朗角色老是這樣，動不動就跑到別人家，我覺得妳最好是別這樣。」

「這和開朗角色無關吧？而且，我都聽倉井說了～說你們國中的時候，會一群人聚集在你家，一直high到早上。」

阿雅……！

而且我們沒有一直high。雖然是一直打遊戲打到早上沒錯。

「那是國三以前的事了。之後的我脫胎換骨，變成了新的自己，完全不會找很多人一起玩過夜了。」

「嗯～～……可是倉井說你們兩個高一的時候，也一起玩遊戲玩到早上耶。還嘆氣說最近就算找你，你也都不答應。高二時出了什麼事嗎？」

阿雅～～～～～～！

不要多嘴地什麼都講出來啊……學學你推的蘭夢，冷靜點吧，我說真的。

「這樣的關係，不可以不當一回事喔。能夠聊自己喜歡的話題，打打鬧鬧的朋友……真的很寶貴。」

「二原同學自己不就每次都和一群開朗角色鬧得很開心？」

「嗯～～……說鬧得很開心是沒錯，可是和你跟倉井之間的這種關係又不太一樣。不過不懂也沒關係啦～～」

二原同學正笑著說出這些話。

客廳的方向傳來喀噹一聲。

「嗯？剛剛那是什麼……啊，對喔！是小那回來了嗎～～」

二原同學說著就開始脫掉遮到大腿的長靴。

「呃，妳在做什麼！不要用行雲流水的動作就想踩進別人家裡好嗎！」

「有什麼關係，有什麼關係嘛～～我也想跟小那打聲招呼啊！」

跟小那打招呼……我想應該不會，但妳說的「那由」遠超乎妳的想像——而且結花平常就不做二原同學所說的「那由」會做的打扮耶！

「二原同學，等一下！我家很亂，有各種不方便！」

「唔啊！等、等一下啦，佐方，你這樣拉我，我會跌——呀！」

我急忙拉扯二原同學的衣服，使她失去了平衡。

二原同學往我身上倒過來，讓我也往後倒。

而結果就是……

——二原同學整個人壓在我身上。

她豐滿的胸部壓在我嘴上。

「呀！喂，佐方！不可以吹氣……啊嗯！」

「好……好難受……分開……」

「討厭～～～～～～～～～！」

一陣像在看恐怖片時會聽到的叫聲迴盪在走廊。

接著是從客廳跑過來的腳步聲。

「分開，快分開～～！不可以跟小遊這樣貼在一起～～～～～～～～～！」

「啊嘎！」

剛聽見二原同學的悶哼。

二原同學的胸部——輕輕從我嘴上離開。

氧氣一口氣行遍腦內。

同時——我感受到一種「啊啊，完了」的絕望。

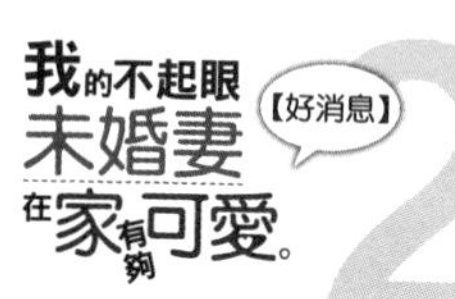

因為剛才的聲音……顯然是結花。

「痛痛痛痛……咦？嗯？」

我慢慢坐起身。

我看見的是按住後腦杓，睜大眼睛的二原同學。

啊～～……這怎麼看都沒辦法蒙混過去啊。

為什麼綿苗結花會跑進佐方遊一家裡。

接下來，我們的關係轉眼間就會被攤到陽光下。接連發展下去，結花就是和泉結奈的消息也會曝光，爆出醜聞。

我們平靜的高中生活——就要閉幕。

「……啊，什麼啊～～！小那果然回來了嘛～～！」

——嗯？

我戰戰兢兢地朝身後一看。

站在那兒的，不是結花。

咖啡色假髮並未綁成雙馬尾，仍然維持直髮。

第13話
【修羅場快報】有未婚妻在的家，被辣妹找上門來了耶……

沒戴眼鏡，以眼睛為重點化了妝。

所謂──二原同學認為的「那由」的結花，站在那裡。

「妳……妳好！二原同學！」

結花朝她一鞠躬，露出微笑。

儘管服裝仍是作為居家服的水藍色連身裙……多半是她急忙去做了準備，以確保即使被二原同學發現也不會有問題吧。

Nice臨機應變，結花真有一套！

我正佩服……結花就白了我一眼。

然後以有點帶刺的聲調說：

「對不起，『家兄』對妳失禮了……小遊？就算她胸部很大，你高興成這樣很噁耶。就算很大。」

「我才沒有高興！」

「是嗎～～？可是你不是胸部愈大就愈喜歡嗎？」

「算我拜託妳，妳可不可以趕快修正妳的這種誤會……」

「……噗！啊哈哈！搞什麼，佐方你們兄妹感情很好嘛。」

二原同學捧腹大笑，用笑出眼淚的眼睛看著我。

接著她用力握住結花的手。

「小那，幾天沒見了～妳果然有夠可愛！我啊，一看到可愛的孩子就會覺得很療癒，所以……我超想見妳，想得不得了耶。」

「啊……呃，呃～這、這是我的榮幸？」

結花歪著頭，再次鞠躬。

我來回看看這樣的兩人。

——感覺到冷汗從背上流下。

◆

「啊～～～～……小那泡的茶，棒透了～～～～」

二原同學自顧自地待得很自在。

我和結花以眼角餘光看著這樣的她，一邊在廚房角落竊竊私語。

「……二原同學究竟是有什麼理由會來我們家這樣悠哉？啊！難……難道小遊……這是你為了花心給我看？」

「……不不不，這邏輯太奇怪了。妳冷靜下來，想一下之前的情形吧。開朗角色辣妹這種東

西對很怕三次元的我來說，根本是天敵吧？就只是開朗角色自己闖進我家，像滑瓢（註：日本傳說中一種登門拜訪後一坐下就賴著不走的妖怪）一樣。」

「……的確，小遊不是那種會劈腿的齷齪的人……嘻嘻嘻。」

結花說著，靦腆地笑了。

獨自生氣，又獨自心情好轉。

真是有夠單純。

「你們兩個在做什麼啊？」

二原同學坐在沙發上，喊著待在廚房的我們。

「好啦，佐方，趕快撲進姊姊懷裡吧。別看我這樣，我可是以柔軟著名的☆啊，我說的是女孩子之間的風評，你放心吧！」

我完全聽不懂是要放什麼心。

接著結花在身旁冷漠地看著我。

原來如此，這就是所謂的冤罪啊。從下次起，我搭電車時手都要抓住吊環。

「二原同學，我跟妳說，我沒有在追求這種東西。」

「是啊！而且小遊他是我的……！」

我趕緊摀住結花的嘴。

「唔～～唔～～」結花胡亂掙扎，我便壓低聲音問她：

「……結花？妳剛剛想說什麼？」

「……我想說小遊是我的未婚夫。是的。」

「……妳當時覺得說出這句話會怎麼樣？」

「……各種被二原同學知道會很麻煩的事情全都會曝光。是的。」

結花朝我一鞠躬，嘴脣卻仍然噘著。

啊，這是那種假裝在道歉，卻一點都不覺得自己有錯的態度。

真的是拜託，不要做出丟爆炸性發言這種事……

「『我的』？是我的，什麼呢～～？小那～～？」

二原同學來到廚房前面探頭。

我和結花趕緊拉開彼此間的距離。

「啊，沒有……什麼都沒有，是的。」

「啊哈哈哈！小那妳啊，跟倉井說的不一樣，根本有戀兄情結嘛～～！」

「我……我沒有什麼戀兄……」

「可是，妳喜歡佐方吧？」

「是。」

結花，結花。

我拉拉結花的衣襬，想阻止她說話。

而且這對話要是讓真的那由聽見，可會是一陣腥風血雨……

總之，得趕快結束這個話題。

「可是小那真的有夠可愛耶……佐方，我好羨慕你有這～樣一個妹妹啊～～」

「是……是啊，她是我最自豪的『妹妹』啊，『妹妹』！」

「她會嫉妒我，這種滿心愛著哥哥的感覺也很可愛。」

「是……是啊。她是個離不開『哥哥』的『妹妹』嘛！雖然可愛，但終究是『妹妹』！」

「小那就是我的『小姑』嗎——嗯！不壞！」

「是……是啊，是二原同學的『小姑』——嗯？」

我正要應聲，才察覺到話題的方向已經變了。

接著二原同學——說出了徹底的爆炸性發言。

「小那！這樣說很突然，我……可以當佐方的女朋友嗎～～？」

「不行的請妳回去。」

結花一秒鐘就拒絕了二原同學。

「為什麼～～？我會很珍惜佐方，也會很疼妳喔。別看我這樣，我很會照顧人的。」

「我不管請妳回去妳在給我們添麻煩。」

結花開始用力推著二原同學的背，推往玄關的方向。

「對不起，二原同學，妳只～～是～～！『哥哥』的同班同學吧？之前都沒有這種感覺，突然聽妳說這種話，我想『哥哥』也一頭霧水。還有，說來失禮，但是像二原同學這樣的辣妹，和我這個陰沉角色『哥哥』完～～全！一點～～也！不適合！」

結花，結花。

妳說這些，連我也會一起罵到好嗎？

「之前都沒有這種感覺……這話的確是沒錯啦。」

二原同學喃喃說起：

「佐方他啊，如果已經能拋開過去，那就好……這陣子我就是這麼想。可是，接下來他卻對『妹妹』起了情慾，這也……不太妙吧？我就是想到這個。」

「咦？我被當成這種變態？妳說這些是認真的？」

「當然認真！所以，桃乃姊姊我想了很久。我想到要讓佐方拋開過去，又不陷在奇怪的性癖裡，唯一的方法……就是我犧牲色相！由我來當拯救佐方的英雄！」

「為什麼會變成這樣！」

辣妹真不是蓋的。

要怎樣才會得出這樣的結論，我一點都無法理解。

而身旁還站著身上籠罩著火焰熊熊燃燒的結花。

「……這樣絕對有問題。所以，這種事情……我不容許！」

「可是啊，哥哥和妹妹相愛是不被社會所接受的。然而佐方又不可能馬上交到女朋友吧？所以就由我來犧牲色相……」

「夠了！既然這樣，我就說明白吧！其實我，是小遊的未——」

——鈴鈴鈴鈴鈴鈴鈴♪

就在我覺得「啊啊，完了」，即將萬念俱灰之際，我的手機傳來了鈴聲。

多虧鈴聲，讓兩人的爭吵在千鈞一髮之際中斷。不過……是誰打來的？未顯示號碼？

「喂……你好？」

『趕快叫外人回去。』

「什麼？外人，回去？什麼意思？而且妳是誰？」

『如果不想死，就趕快叫外人回去。』

「咦，死？這是怎樣！」

這未免太莫名其妙，讓我方寸大亂。

二原同學似乎也察覺到這種氣氛，深深呼出一口氣，笑咪咪地說：

「雖然不知道是什麼情形，如果你們在忙，我今天就先回去吧。不過——我的想法不會變，OK？」

「不行！小遊絕～～對不會交給妳！」

結花仍然緊抿著嘴，用力推二原同學。

二原同學對這樣的結花陪笑，輕輕揮手。

「那麼，兩位改天見啦～～」

就這樣，二原同學——被驅離了我家。

我看著她離開後，再度對這個未顯示來電的對象說話。

「家裡只剩家人了……呃。」

『——我也知道。呿！』

未顯示來電的對象突然換成我耳熟的口氣。

同時二樓傳來一陣咚咚咚的腳步聲。

——真正的佐方那由出現了。

「小……小那！」

「妳為什麼若無其事地從二樓跑出來啦！」

我們大為動搖，那由則相反，慵懶地說：

「我不懂這有什麼好驚訝的。哥哥你們從今天開始就放暑假了吧？所以我想回來休息幾天。妹妹大人回到家，就打開鎖進來了。完畢。」

「呃……那妳剛剛打未顯示的來電？」

「我回到家，就看到你們和我不認識的辣妹在爭吵。真的很煩，又礙事，我很想趕她走，所以就從二樓打電話嚇嚇她啦。」

這種時候會想到要打不顯示來電的電話，的確很像彆扭的那由會做的事情。

雖然被嚇到的不是二原同學，反而是我們。

「不過，至少結果是好的。謝啦，那——」

「……所以？為什麼她叫小結我的名字？」

我一句話還沒說完。

那由就以蘊含了驚人怒氣的眼神朝我瞪過來。

「我會慢慢聽你說。根據你說的話……哥，你真的會被判死刑。」

啊，這沒救了。

因為不管我怎麼解釋，這丫頭都不可能接受。

…………根本確定會判死刑嘛。

第14話　換作是你們，真的惹火妹妹時會怎麼辦？

「……我了解情況了。哥，去死。真的去死。」

我跪坐在地毯上。而以輕蔑的眼神看著我的，就是我「真正的」妹妹——佐方那由。

一頭黑色短髮，沒化妝的中性臉孔。

短得露出肚臍的T恤外披著牛仔外套，穿著短褲。

那由一身讓人分不清是少年還是少女的行頭，在沙發上抱胸蹺腳，重重地咂嘴。

「嘖……你真的去死一死啦。我會幫你在網路上買個斷頭臺。」

「斷頭臺這種東西，網路上應該沒在賣吧？」

「我才不管。而且，不要找藉口。」

沒把哥哥當哥哥，罵得狗血淋頭。還有，剛剛那也不是藉口。

……不過也是啦。

聽到這一連串的情形，我們家第一暴君那由又怎麼可能不發脾氣。

做和泉結奈打扮的結花被二原同學看到。
為了避免醜聞與校內的傳聞，我辯稱她是妹妹。
不知道這個辣妹在想什麼，竟然找上門來……還宣告要當我女朋友。
連我自己解釋下來，搞不懂為何會弄成這樣的疑問都太嚴重，只能嘆氣。
雖然我也知道是我自己不好，當初就不該牽強辯解……
「而且哥，你叫小結穿上變態毛衣，還聲稱這個女色狼是你的妹妹——也就是我，對吧？
唉……真的好噁。我不行。淫獸。」
「女……女色狼？那由，我又不是自己愛穿！」
「小結又沒有錯，妳只是個被這傢伙的色鬼調教弄成了女色狼的受害者。」
「妳說這什麼話，根本沒在幫我講話吧！就說不是這樣了～～真是的！」
結花滿臉通紅，手腳胡亂擺動。
結花摘下假髮，也卸了妝，穿著便服。
她一頭蓬鬆的黑髮猛力搖動，拚命辯解。
「唉……這麼久沒回來，一看卻是這樣子。把我期待的心情還給我，真的。」
「不好意思啦，很多事情都是……可是，妳那個時候打了不顯示來電的電話，真的幫了我大

忙。謝啦，那由。」

「……呿！就算你誇我，我也絕～～對不原諒你。」

那由撇開臉咒罵。

「而且，那個辣妹是怎樣？就辣妹觀點看來，哥哥不就像是一種奇珍異獸嗎？對奇珍異獸賣弄風情……我只有不好的預感。」

「那由、那由，說奇珍異獸未免太過……」

「不要頂嘴，你這個未婚妻色鬼調教師。」

「小那！就跟妳說妳這樣也會罵到我！」

那由一邊削減我和結花的精神力，一邊手按下巴思索著並自言自語。

「……欸，哥，那個辣妹，該不會在國中也是你同班同學？」

「嗯？嗯，我們國三是同班沒錯啊……」

「國三——原來如此，我大概明白了。」

我是完全不明白妳明白了什麼啦。

那由從沙發上起身，朝我一指。

「那個辣妹，是那個淫魔的同類。真的。」

「…………淫魔？」

「不用我說吧，就是那傢伙啊。來……唔唔，光提名字我都噁心……來……來來來……呼～～呼……！」

「妳很麻煩耶！我已經知道妳在說誰了，不用再硬撐了啦！」

我朝結花瞥了一眼。

結花以五味雜陳的表情對我微微一笑，低聲說：「嗯，我知道。」

——野野花來夢。

我的初戀對象，也是我黑歷史的象徵。

「我看得見。看得見那個淫魔投胎轉世成辣妹，再度對哥施展美人計……」

「妳的妄想還真猛啊。」

那由從那件事之後就一直討厭來夢。

可是啊……實際上，得意忘形裝開朗角色的人是我。

自己會錯意，以為「我一定可以和她交往！」的人也是我。

被全班取笑的確很難受，但消息到底是怎麼傳開的，到現在還是不知道。

發生的事情確實造成我的精神創傷，不過不管是好是壞，我對來夢沒有任何感想……然而那

由似乎無法接受。

「哥，你現在就打電話給那個辣妹。」

「啥？為什麼？」

「明白拒絕她：『像妳這種騷貨，我才不要！』」

「妳其實挺蠢的吧？」

我愈想愈頭痛了。

「而且我根本就不知道二原同學的電話號碼啦……我怎麼可能跟辣妹交換電話號碼？」

「唔……的確。」

「好啦，小那，總之！」

結花像是要揮開這種沉重的氣氛，出聲站起來。

然後拍了面有難色的那由的肩膀。

笑得連在一旁看著的我都開心起來。

「妳難得回來，一定累了吧？我去做點好吃的東西。先吃飯，好好休息吧。」

「小結……」

才剛看到那由轉變為對我絕對不會露出的乖巧態度。

接著她視線落到地板上，仍然噘著嘴，回答：

「……Pepe。」

「嗯！辣味蒜炒義大利麵（Peperoncino），知道了！」

結花開玩笑地擺出敬禮姿勢。

聽到她這麼說，那由猛地抬起視線。

「真虧妳聽得懂……剛剛我說的。」

「之前妳來的時候，不就說妳Peperon過了嗎？這種程度我聽得懂啦～～」

「這種事情一般人哪會記得？」

「嗯～也是啦，如果是完全不認識的人說的，我可能已經忘記了。可是妳是小那啊，我當然會記得。」

「……小結。」

結花說聲「那妳等一下喔」就跑去廚房了。

那由呆站在原地，茫然看著結花的背影。

接著低聲說：

「小結真的是天使。」

啊，她嬌了。

竟然能收服以只有傲沒有嬌出名的那由……結花真有一套。

第14話
換作是你們，真的惹火妹妹時會怎麼辦？

正當我感慨萬千的時候。

「比起來……真的太扯！」

一記力道驚人的手刀砍中我不設防的側腹部。

這一下實在太痛，讓我痛得蹲下去，連聲音都喊不出來。

那由低頭看著這樣的我——喃喃說著：

「決定了。我絕對……要把小結以外的狐狸精都趕跑。」

◆

——要把小結以外的狐狸精都趕跑。

她都說出這麼聳動的台詞了，讓我提心吊膽，不知道她會做出什麼好事。

無論吃晚餐時還是洗完澡後，那由的情形都和平常沒有兩樣。

她一身寬鬆T恤配短褲的休閒打扮，懶洋洋地躺在地毯上，盯著手上的撲克牌。

「……小結，抓。」

「呀～～！」

結花手上的牌散了一地，整個人垂頭喪氣。

如果可以，真希望她不要用力垂下頭。她水藍色連身裙的肩帶都歪了……讓我有點不知道眼睛該往哪兒看。

「嗚嗚……虧人家差點就脫手了～～……」

「小結想什麼都太會表現在臉上，一看就知道，真的。」

「是小那太撲克臉了啦……」

我、結花和那由三人懶洋洋地在地毯上玩撲克牌。

結花與那由相處比先前見面時更融洽，感覺彼此都很放鬆。

「啊，小結，這張我當然要抓吧。」

「咦咦咦！為什麼，為什麼？真是的！」

……她們像這樣一起玩鬧，宛如一對親姊妹。

天真的結花，以及對結花很乖巧的那由。

她們兩人只是開心地玩，就讓旁觀的我都覺得溫馨起來。

「唉……這樣就四連敗了啦。小那太強了～～」

「只是因為妳真的很弱……不過，我覺得——」

那由盯著屢戰屢敗而消沉的結花。

然後頂著一如往常的撲克臉說：

「小結應該會是個好媽媽。」

——嗯？

「小結人真的很好，又很有母性，大概會超級疼愛小孩，感覺就是個理想的媽媽。真的。」

「咦，會……會嗎？也沒這麼了不起啦……嘻嘻。」

「不不不，妳真的可以。馬上就可以，所以——妳應該當媽媽。」

那由才剛說完，就跑到客廳牆邊。

接著——啪一聲關掉電燈。

「呀！」

本來正玩撲克牌玩得酣暢的客廳，一瞬間籠罩在黑暗中。

伸手不見五指當中——聽見一陣快步跑來的腳步聲，隨即聽到結花「咿！」的小聲尖叫。

「結花！妳怎麼了？」

「突……突然有人從背後，架……架住我……」

「妳放心，小結，是我。」

「不，這不能放心吧！為什麼妳要突然架住結花？」
「……這很簡單吧。」
才剛聽見嘆氣聲。
那由光明正大的宣言迴盪在整個客廳。
「為避免狐狸精被吸引過來，製造出你們兩人的既成事實——這才是最好最棒的方法吧？」
「妳比我想像中還蠢吧！」
這個超乎想像的爛點子讓我全身乏力。
「我說妳……這真的蠢到讓做哥哥的都要擔心妹妹的將來了。」
「別說那麼多有的沒的，拿出勇氣啦。不用擔心，我……也會努力當個好小姑！」
「要擔心的不是這個問題！」
「我不會看的，我會閉上眼睛。趕快製造既成事實……」
「——小那，妳是笨蛋～～～～～！」
「呀！」
我聽到咚的一聲。

第14話
換作是你們，真的惹火妹妹時會怎麼辦？

「唔唔唔唔……」似乎聽見那由悶哼。

我急忙挪步，打開客廳的燈。

「小那，這樣不行！這樣我怎麼能不生氣啦，真是的！」

結花手扠著腰，對蹲下去的那由訓話。

她的臉是我看過最紅的一次。

相對地，那由大概挨了一記頂心肘，只見她按住心窩，說不出話。

「小那，不可以隨便做這種惡作劇吧！因為，這……這種事……對女生來說，是非常重要的事件！」

「這……這不是惡作劇……我是認真的……」

「那就更惡劣了吧！」

就這樣，那由被難得真心進入訓話模式的結花訓了一頓。

她要哭不哭地用結花聽不見的音量說：

「……這些也全都是野野花來夢害的。」

不行。

這丫頭一點都沒在反省。

第15話 辣妹：「妳喜歡他吧？」未婚妻：「所以呢？」意想不到的發展

「欸，哥。」

「呀！」

完全熟睡的我被人拿枕頭砸在臉上，迎來了最糟糕的清醒。

坐起身一看，結花在我身旁睡得很香甜。

接著看見的是一身睡衣，從上俯視著我的——那由。

「幹嘛啦，三更半夜的……」

我搔著頭起身，和那由一起走進客廳。

我喝著從冰箱拿出來的麥茶，一邊等那由開口。

「…………」

「……哥，我說啊……呃。」

那由竟然會欲言又止，還真稀奇。

平常她總是愛說什麼就說什麼。

不過──我隱約知道她想說什麼，就由我主動提吧。

「我和二原同學實在也沒什麼。和結花以外的三次元女生怎麼樣這種事……我不會去想，也覺得不可能。所以，妳放心去吧。」

自從與二原同學鬧得不可開交的那一天，過了將近一週。

那由不時和結花結伴出門，在家裡過得很放鬆。

而從明天起，她似乎要去找以前的朋友玩，還要去旅行。

這丫頭回國，滿心想順便把日本玩個夠。

「……我啊，把結花當嫂子看待。真的。」

「這樣啊。」

「冷靜想想，野野花來夢跟那個辣妹又沒有關係……而且野野花來夢已經是過去的事，可是……我還是擔心。因為哥對女人真的很沒轍。」

說得真難聽啊。

除了我對結奈一見鍾情，還有和結花的婚約，我根本沒有什麼桃花緣吧。

「我說啊……我也覺得如果是結花，我就能放心把妳交給她。」

「啥？為什麼會扯到我？我……我又沒有……」

「妳啊，就是不坦率吧？看著這樣的妳和結花在一起時很開心……做哥哥的也很高興啊。」

某一天，母親突然離開。

害父親好一陣子活得像是行屍走肉。

除此之外，本來都假裝是個開朗角色的哥哥精神突然受到重創，開始避開三次元女生。

在這種不穩定的家庭裡，那由……一直沒有可以好好撒嬌的對象，就這麼長大。

所以一看到那由和結花可以相處得很自在——我真的很高興。

「不管對我還是對妳來說，結花都是很重要的人，所以……我也會好好珍惜結花。結奈是不同次元就是了，其他女生……妳就別擔心了。」

「……呿！知道啦。」

那由的表情放鬆下來。

接著一臉調皮地看著我的臉。

「要是你說謊……我會要你吞一百隻刺蝟，真的。」

於是那由和朋友踏上了日本觀光的旅途。

至於我和結花呢——

從明天起，我們終於——要出門去參加校外教學。

第15話

辣妹：「妳喜歡他吧？」未婚妻：「所以呢？」意想不到的發展

◆

我們學校的暑假有慣例的課程，三年級生去教育旅行，二年級生則實施校外教學。

而從今天起的校外教學——內容是要在露營區度過三天兩夜。

對於不喜歡戶外活動的我，和學校的同學去露營，只會有痛苦……而且，還有另一個懸念。

「呀喝～～綿苗同學！幾天沒見了，過得好不好呀？」

「普通。」

學校的運動場。

大家一邊等公車來，一邊聊得鬧哄哄的——結果二原同學就跑來找結花說話。

眼鏡配馬尾。

以及特別僵硬的表情與態度。

我是覺得二原同學終究不會發現這樣的結花和那由（假）是同一個人。

但如果是三天兩夜這麼長的期間，會不會露出馬腳……我就有點擔心。

「我們都分在同一組了，這次校外教學就開開心心玩吧，綿苗同學！」

「也是。」

結花還是一樣冷淡回應，二原同學還是一樣表現出鋼鐵的精神力。

我正發呆看著這樣的光景。

結花和我——忽然四目相對。不妙。

「…………佐方同學，什麼事？」

結花多半是臨機應變地幫忙掩飾，冰冷地對我說話。

「啊、嗯……沒事。抱歉啦。」

趁二原同學覺得可疑之前，趕快蒙混過去吧。

我一邊感謝還是一樣撲克臉的結花，一邊轉身背對兩人。

「……綿苗同學，這樣不行啦～妳態度這麼冷淡，會被佐方誤會喔。」

忽然間。

我聽到二原同學在身後對結花竊竊私語。

我假裝沒聽見，並仔細聽她們說話。

「……我不太明白妳的意思。」

「妳說話口氣這麼冰冷，佐方會誤會吧？他可能會以為自己被妳討厭了。」

「……所以？」

結花似乎在看對方怎麼出招，口氣比平常更逼人。

但二原同學感覺也不在意這種事。

她丟下了——可怕的炸彈。

「因為綿苗同學……妳對佐方是對異性的那種喜歡吧？」

「啥……啥啊！」

或許是聽到這句出乎意料的話而方寸大亂，綿苗結花一貫的平淡態度瓦解了。

對此二原同學則「嗯嗯」幾聲，做出像是想通的反應。

「果然是這樣啊。畢竟綿苗同學平常就超級會盯著佐方看嘛～我一直覺得妳看其他男生跟看佐方的眼神——就是不一樣！」

「才……才沒有不一樣。妳妄想太……」

結花「別碰觸這個話題」氣場全開，想結束對話。

但開朗角色辣妹一點都不怕。

「沒關係啦，校外教學很長～……我們慢慢聊吧，綿苗同學？」

◆

「喂，遊一，你為什麼臉色這麼難看？」

我坐在巴士上發呆，坐在我旁邊的阿雅就湊過來看著我的臉。

「我說阿雅，假設你是凶殺案的凶手。」

「這是哪門子的前提條件啦？」

「你先聽我說。假設凶手有『共犯』，然後有個辣妹硬是纏著這個『共犯』，纏到很不自然的地步……你會怎麼想？」

「這是什麼情形啦……所以她外表是辣妹，頭腦卻是成年人，名號就叫作——名偵探辣妹！是這樣的情形嗎？」

阿雅一邊嘀咕一邊手按下巴，正經地回答。

「不過，如果共犯露出馬腳就不妙了……所以大概只能想辦法避免辣妹和共犯獨處吧？」

「果然就是得這樣吧……凶手必須盯得很緊，以免辣妹太接近共犯啊。」

「……你殺了人嗎？」

阿雅露出有夠狐疑的表情，但我只隨口敷衍。

班上同學們在車上談笑，很熱鬧。

而我前面的座位上——

「欸欸，綿苗同學！我們一起吃這個零食吧。」

「我不吃。」

「話說，我昨天看電視，結果我喜歡的演員在一部電影裡要第一次挑戰當聲優。可是，他講起台詞有夠死板的，不知道這是為什麼耶。演員和聲優，果然不一樣嗎？」

「誰知道呢？」

莫名坐在一起的結花與二原同學，兩個人一直談話。

雖然比例差不多是「結花：二原同學＝1：99」就是了，就說話的量而言。

大概是二原同學主動說想坐在結花旁邊吧。學校裡的結花很古板，也沒有會坐在一起的朋友，所以就算想拒絕也沒有理由。

「……然後啊，這個朋友自拍照修圖修得有夠凶，丟上網路，結果就爆紅到很扯的程度。好笑吧？跟在學校時的臉根本完全不一樣～～」

「是嗎？」

……為什麼二原同學從剛剛就一直提各種很擦邊的話題啊？

像是聲優啦，臉跟在學校時不一樣啦……還有剛才那句話。

——因為綿苗同學……妳對佐方是對異性的那種喜歡吧？

雖然我覺得不太可能。

不過搞不好二原同學她……已經發現結花的祕密了？

◆

抵達露營區後，我們歷經千辛萬苦完成了搭帳篷的工作。

討厭戶外活動的我光這樣就已經精疲力盡，什麼事都不想做了。

「喂，遊一！自由時間，我們去看看森林最裡面吧！」

「阿雅，你真有精神耶。你有這麼喜歡戶外活動？」

「怎麼可能？我對這種學校的活動才沒有興趣……只要去到森林裡，就不會被老師發現吧？

我就是想著要用偷偷帶來的手機玩《愛站》……」

你真是堅定不移啊。我更尊敬你了。

「不……我有點累了，要找個地方休息。」

「知道了。那我去森林裡見一見蘭夢大人啦！」

阿雅說完，身影消失在茂密的樹林間。

我目送阿雅的背影離開後，一個人去到河邊。

下游人很多，所以我在沒有人來的上游找個地方坐下。

陽光照耀下，河水閃閃發光。

「……小遊！」

我悠哉地聽著潺潺流水，忽然間有人叫我的名字。

回頭一看，發現學校款結花……露出居家款的天真笑容站在那兒。

「我看到你一個人往上游走，就跑來了。」

即使戴著眼鏡，她這樣一笑，眼角就像是有點下垂。

可以隨著表情變化，讓眼角時而上揚，時而下垂，感覺真不可思議。

「呃，妳來我是很高興啦，可是我們兩個人太常待在一起，會被懷疑我們是什麼關係……像二原同學就會。」

「二原同學……果然在懷疑吧？還突然問我是不是喜歡小遊……害我差點回答『對啊』。」

「這是怎樣，好可怕！」

「可是，已經沒問題了！下次我會小心。畢竟我是聲優……對演技有自信！」

「——喂～～！綿～～苗～～同學～～！」

就在這個時候。

在離了一小段距離的地方，我們看見了二原同學的身影。

「為……為什麼二原同學會來這邊？」

「我……我也不知道，可是，我先躲起來再說！」

河邊稍遠處有個地方有幾塊岩石交疊，看不見後頭。

我急忙躲到那裡……二原同學正好揹著自己的背包來到佇立在河邊的結花身旁。

「……呼，追上啦。我才想著妳跑到哪兒了呢，綿苗同學。」

「有什麼事？」

結花看著二原同學時，眼睛有點上揚。是平常的學校版結花。

二原同學對這樣的結花也不顯得退縮，而是面帶微笑——

「是關於佐方。」

單刀直入地提起關鍵話題。

結花面無表情，看對方怎麼出招。

好啊，結花，就這樣堅持住撲克臉，撐過這個場面！

「綿苗同學和佐方，感覺像一對很登對的情侶呢。」

「真……真的嗎！」

結花！

「妳想想，我們去托兒所當志工那時候，綿苗同學不是後來才趕來嗎？當時我就想『啊，我不該當電燈泡』就回家了……我覺得你們兩個好像處得很好。」

「是……是嗎……」

結花！

「——那麼，綿苗同學，說正經的……妳喜歡佐方吧？」

「也沒有。」

結花突然換上堅毅的表情，推了眼鏡並回答。

不不不，現在才這麼說也太遲了吧，真的。

而且妳的撲克臉在中途就沒了。妳的演技到哪裡去了啦……

「……綿苗同學可真倔，明明到剛才說話口氣都像是喜歡佐方。」

「也沒有。」

「佐方好像說過綿苗同學很可愛。」

「真的？」

「妳果然喜歡佐方吧？」

「也沒有。」

太牽強了……這種演技水準，如果我是動畫導演，就要叫妳重錄啦。

「真是的……態度都這麼露骨了，真虧妳還想掩飾呢，綿苗同學。」

「……我才要說二原同學，為什麼這麼拘泥這件事？」

「我想跟妳推心置腹說個明白。所以眼前啊，如果妳喜歡佐方，我希望妳承認，ＯＫ？」

「原來如此。」

「所以——妳喜歡佐方？」

「也沒有。」

「真是的！」

沒有結果的對話一再重覆。

但二原同學仍然一直找結花說話，讓結花對她深深嘆了一口氣。

「我無法跟別人聊自己。二原同學平常都和大家無話不說……也許不能了解這種感覺啦。」

「……我才沒有無話不說。」

結花這句話讓二原同學的表情突然蒙上陰影。

接著她換上正經的表情。

「我——當然也有不能對任何人說的『祕密』。」

「……既然這樣，我不想說的這種心情，妳應該可以體會吧？」

結花露出有點不解的表情，但仍明白表達了自己的意思。

二原同學重重嘆了一口氣，手按額頭。

「啊～～……嗯，也對。的確，綿苗同學說的話有道理。」

「那這件事就談完——」

「綿苗同學說的沒錯……單方面叫人說出祕密的確不公平。OK，我也——做好覺悟了！」

「咦，不，我不是這個意思……」

結花還在動搖，二原同學則似乎下定了某種決心，放下揹著的背包——開始翻找東西。

「綿苗同學，我啊……雖然旁人好像覺得我是個不管什麼時候都很陽光、很自由的開朗角色辣妹，可是我——其實有這樣的『祕密』。」

二原同學以沉重的口吻這麼說。

一邊從背包裡——

——拿出了「槍」。

不，說得精確點，是上次……我看到二原同學在店面拿起來玩，然後我買回家的那款。

是一款收錄了包含和泉結奈在內的許多聲優語音的——特攝作品玩具。

「好啦，改變你表演時間的路過的唯一一人……來臨！假面跑者聲靈！看我把你遠遠甩在後頭……」

『聲靈子彈【變身】。』

她喊出登場台詞，扣下槍的扳機。

擺出俐落的姿勢後。

她轉過身來——看向結花。

「妳一定覺得莫名其妙吧？可是——這就是，我的『祕密』。」

接著二原同學深深吸氣，說道：

「別看我打扮成這樣，我……可是個挺投入的特攝迷。」

第16話 【綿苗結花】樸素妹和辣妹變要好的起因【二原桃乃】

我們來參加暑假的校外教學，進行三天兩夜的露營。

我躲在河邊的岩石後面，屏住氣息。

學校模式的綿苗結花帶著平常不會露出的震驚表情呆站在原地。

接著二原桃乃——舉起了某種「槍」型的特攝作品玩具，十分靦腆。

這是什麼混沌狀況？

「……呃，妳說特攝迷，所以，妳喜歡特攝作品？」

「對……對啊！不管是宇宙奇蹟超人、假面跑者，還是超級軍團系列……當然一些小眾的作品我也愛！」

「這……這樣啊……妳有哥哥，或是弟弟嗎？」

「我……我是獨生女啊，所以我不是受到兄弟的影響才喜歡特攝……單純是我自己從小就迷上了特攝……」

二原同學以罕見的緊張神情述說起自己的興趣。

我也不習慣把自己的興趣說給別人聽，所以能夠理解她這種緊張。

換作是二原同學平常那樣，大概會說得全不當一回事……讓我覺得不可思議。

「這樣啊……怎樣的作品，妳會覺得有趣？」

結花以平靜的語氣問了這樣的二原同學。

她說話的聲調很溫暖，像是要紓解二原同學的緊張。

「最近我最推的是這個……假面跑者聲靈。黑暗生命體『修拉克』會吞食人類的嘆息與哀號而成長——為了對抗他們，運用遠古人類所創造出來的『聲靈』之力變身，為人類的和平而戰！這就是假面跑者聲靈！」

她說到一半，說話速度變得非常快。

和平常的二原同學不一樣，該怎麼說……就像我和阿雅那樣。

「這個……叫作聲靈槍『說話槍』對嗎？」

結花若無其事地回應二原同學。

全班同學都覺得古板而難以親近的綿苗結花，不假思索地說出假面跑者的武器名稱……這感覺好超現實啊。

相對地，二原同學的反應則是——眼睛突然發亮。

「綿……綿苗同學？妳知道假面跑者聲靈？」

「也……也不是很清楚……知道一點點。」

「不不不，妳不是說了聲靈槍『說話槍』嗎？『說話槍』這個稱呼在劇中也出現過，但『聲靈槍』就只在設定裡有。除非看了玩具槍的記載或是在網路上查設定，不然不會看到！」

二原同學用很快的速度說了這些。

結花只是因為去錄了音才會知道正式名稱……我想她對作品本身並不清楚

「呃……對不起，作品本身我不太清楚。只是，這玩具……我稍微碰過。」

「是喔，從玩具接觸到，還真稀奇！的確，『說話槍』的機制設計得相當講究，很吸引人，這我也懂啦！……呃，抱歉，我有點得意忘形，說得一頭熱……」

「不會。沒關係，妳繼續說。」

二原同學尷尬地壓低聲調，結花輕輕地對她微笑。

平常在學校鐵面無私的綿苗結花露出的——平靜的表情。

看到結花的表情，二原同學點點頭，拿出一個粉紅色的麥克風型組件。

她將這個東西抵在槍的背面，槍口就開始發出亮麗的光。

接著二原同學——扣下了扳機。

『聲靈子彈【妖精】——魅惑的妖精！』

第16話
【綿苗結花】樸素妹和辣妹變要好的起因【二原桃乃】

和泉結奈的語音迴盪在大自然中。

本來走在地上的鳥兒都紛紛飛起。

「我最推的就是這『妖精麥克風』。在劇中只用過一次，之後大概也不會再用到吧？畢竟這不是主要的小道具。順便告訴妳，這麥克風是我前陣子終於在離了幾站的一家購物中心成功收齊的！」

她一說我才想起，之前在購物中心遇到的時候，她就提著一個玩具店的袋子。

「……妳為什麼喜歡這種小眾的產品？」

「因為聲音有夠可愛！」

二原同學出人意料的一句話讓結花睜圓了眼睛。

不知道是不是看錯，結花的臉頰紅了些……在我看來是這樣。

「妖精這個屬性，還有這個語音，不是非常同調嗎？和其他屬性不一樣，聽起來不強，在戰鬥場面放這個也不會讓人起勁，可是──我覺得這語音聽起來好療癒，所以我很喜歡。」

二原同學眼神發亮，大力訴說。

……坦白說，我沒想到她是有著這種熱度的人。

二原同學說起自己喜歡的東西時，模樣和我們聊動畫時一模一樣。

「如果是二原同學，就算說出自己有這種興趣……感覺大家也會接受。」

「……我小時候是若無其事地聊著這些，可是……大概從小六開始？就有人說我『明明是女生還這樣』或是『好幼稚』，被人看不起……我沒辦法原諒這種事情。要說我壞話是完全沒關係啦！但是說我喜歡的變身英雄們的壞話，我就真的沒辦法原諒！」

二原同學這番提高了電壓的發言……

讓我不爭氣地……產生了共鳴。

——無論我還是阿雅，自己被說壞話還能忍耐。

——可是，自己推的角色被說壞話就萬萬不能忍。

二原同學也有著這種和我們對《愛站》同樣的感情。

就是為了貫徹這種信念——才會一直把自己的興趣當成「祕密」保守吧。

「我還滿喜歡常跟我一起的朋友，就是因為這樣，萬一我提起特攝，哪怕是開玩笑，只要對方嘲笑……想也知道我一定會理智斷線。而且我也不希望關係因為這樣變差。不管特攝還是朋友都很重要，所以……我才會當成祕密。」

「……這麼重要的祕密，為什麼妳要跟我說？」

「就說我是想跟妳推心置腹，而且妳平常不是酷酷的嗎？所以，我覺得妳大概不會嘲笑我，也不會去跟大家說。」

二原同學這麼說完，微微一笑。

「綿苗同學……只有看著佐方的時候，表情會有點溫和。佐方他又是個國中時被各種事情牽連，受了傷的人，所以……我希望他幸福。如果妳喜歡佐方，我想為你們兩個做些什麼……」

「……呵呵，簡直像作品裡的英雄呢。」

「沒那麼了不起啦，就只是……多管閒事。說是幫倒忙，可能還比較接近吧。對不起喔，我自己一個人在亂衝。」

「……不會。」

——結花接下來會說什麼……

知道她私底下那一面的我……隱約猜想到了。

「我……喜歡佐方同學。」

二原同學吐露了自己的祕密，結花作為回應她的誠意，也一樣——說出了自己的祕密。

二原同學聽到她這麼說，露出開心的笑容。

「果然啊。」

「二原同學，我也可以問妳問題嗎？」

「什麼問題啊，綿苗同學。」

「二原同學妳也——喜歡佐方同學吧？」

結花這句出乎意料的發言讓我不由得呆住。

不不不，怎麼可能？

二原同學老愛找我說話，只是在拿我的反應找樂子。

要說她對我這種陰沉角色有興趣，絕對——

「嗯～～……這個嘛，要說喜歡，是喜歡吧。」

…………咦？

聽到這個令我懷疑自己耳朵的回答，我說不出話來。

「果然。妳哪有資格說別人……嘛。」

「嘛？妳這樣說好可愛！綿苗同學，多說一點～～！」

「妳很吵耶。」

結花說話的語氣變得很隨興，是以前在學校不曾看過的。

二原同學開心地看著她，繼續說：

「只是啊，我覺得我的喜歡……和妳的喜歡不一樣。妳也知道，我從國中時就認識佐方了。我是想，如果他能再像那個時候笑得那麼自然該有多好，或是希望他能再變得有精神一點。嗯～～……算是一種姊姊式的觀點？」

「我看不是姊姊，是英雄式的觀點吧？」

結花輕輕一笑，又直視著二原同學的眼睛。

接著，明明白白地——宣告：

「二原同學的喜歡是什麼樣的形式，都沒有關係。可是絕對是我——比較喜歡佐方同學，所以不管發生什麼事……我都不會退讓。」

缺乏表情，不太說話，形象古板。

這種在校款的結花——說出了不得了的話。

二原同學先是一瞬間睜大了眼睛，隨即……噗嗤一聲笑出來。

「啊哈哈哈！好耶、好耶……私底下的綿苗同學有夠可愛的～～！」

「二原同學不也是嗎？妳聊特攝的時候……明明也很可愛嘛。」

結花也被二原同學逗得跟著笑了。

接著不知道怎麼回事，兩人似乎心意相通。

有好一段時間，她們就在原地相談甚歡。

◆

等吃完了我們自己做的咖哩，太陽已經西沉。

阿雅也沒怎麼吃咖哩，趴在桌上不動。

不過也難怪他會這麼消沉。他抽卡時被鄉崎老師逮個正著，手機都被沒收了。雖然他是自作自受就是了。

「佐～～方～～！」

收拾工作也做完了，我正要回自己的帳篷。

心情大好的二原同學傻笑著走過來。

一頭染成咖啡色的長髮披在有些寬鬆的胸前。

——要說喜歡，是喜歡吧。

二原同學在河邊和結花說話時，確實說過這句話。

我只因為她做辣妹打扮就一直提防她，可是……聽到那種話，總難免會往那方面想。

「……佐方同學，你太盯著人家看了。」

二原同學身後傳來一句帶刺的話。

站在那兒的，是從眼鏡下瞪著我的——結花。

「慢著慢著，綿苗同學妳冷靜點。」

「誰教他只顧著看胸部……」

結花以前所未有的親近態度和二原同學相處。

我心想這光景真新鮮，一邊茫然看著。

二原同學就一把將結花推了過來。

「呀！」

結花腳步踉蹌，用力抓住我的手臂。

就結果而言——結花的柔軟沿著我的手臂傳了過來。

「來，佐方，好好看著綿苗同學吧。她表情很可愛。」

「二……二原同學！」

忽然轉動視線一看，學校款的結花為難地紅了臉。

她平常在家都是這種表情，但在學校就不太會看到她這樣的表情——讓我覺得有種落差。

「我說佐方，你也差不多該當個正常人啦。」

「正常人？咦，妳覺得我不正常？」

「對『妹妹』有慾望的高中生，怎麼可能正常啦？」

啊～～……我都忘了。

來夢的事情已經放下，卻變成了一個對妹妹「那由」（假）有慾望的變態傢伙……我都忘了

二原同學的認知是這樣的。

所以她想讓我從這樣的性癖中清醒。

又希望我和結花都幸福。

所以二原同學她……才會想撮合我和結花吧。

可是，說來非常遺憾。

這個「妹妹」和綿苗結花──是同一個人啊。

「『小那』的確很可愛！眼睛大大的，眉目清秀，可是啊……你看看，綿苗同學雖然戴著眼鏡所以不明顯，她眼睛也很大，清秀的感覺不輸『小那』吧。」

那當然是不會輸了。

因為就是同一張臉啊。

接著——這天晚上。

「呀喝，佐方你們幾個～～」

我在小木屋裡的男生房間悠哉地待著，二原同學就突然跑來。

阿雅和其他男生不約而同地喧嘩起來。

「啊，對了對了，佐方，鄉崎老師找你。」

「咦？為什麼？」

「不知道。只是，老師感覺很急，我看你最好早點過去吧。」

出了什麼事讓鄉崎老師要找我嗎？

我一邊這麼想一邊走出房間……結果就看見穿著運動服的結花站在那裡。

「結……結花！妳怎麼會在這裡？」

「呃～～……是二原同學說她會把你叫出來，要我在這裡等。」

這是怎麼回事啊？

說鄉崎老師找我是騙人的，二原同學的目的——是讓我和結花兩人獨處吧？

「唉……二原同學比我意料的更多管閒事啊。」

「二原同學是人很好。」

我說得像在發牢騷，結花則溫和地回答我。

「啊，對了！小遊，你跟我來～～」

結花似乎想到了什麼，拉著我的手開始快步行走。

每走一步，馬尾就輕快地搖動。

接著，我在結花的帶領下——來到小木屋後頭一看。

「……喔喔～～」

「看，厲害吧？有這～～麼多星星在閃閃發光！」

在都會區絕對看不到的滿天繁星。

我和結花肩並著肩，委身於這壯闊的景色良久。

「……我啊，想和二原同學和睦相處。」

結花摘下眼鏡，帶著清澈的眼神這麼喃喃說起。

「這是第一次。不管是能對班上的人不緊張，那樣說出自己的想法，還是共享『祕密』，都是第一次。感覺……就像成了朋友，讓我好開心。」

「……這樣啊。」

二原同學不惜坦白說出珍藏在自己心中的對特攝的情感。

不惜這樣也要湊合我和結花。她想的事情就是這麼多管閒事。

——因為知道我國三時的情形，希望我振作起來。

——如果平常古板的結花有著不為人知的感情，希望能夠幫助她。

結花說得沒錯，她心地很善良。不知道是不是因為喜歡特攝，思考邏輯很像那些變身英雄。

雖然外表是個辣妹。

「啊，小遊！是流星！」

結花興奮起來，用力拉著我的衣角，一路把我拉過去。

然後雙手合掌。

「希望我和小遊可以一直在一起，希望我和小遊可以一直在一起，希望我和小遊……啊～～

說完三次之前就消失了～～真是的！」

看著結花對天空大聲抱怨，我不由得笑出來。

然後，我和結花一起仰望繁星點點的天空。

——也好，總之……

光是製造出機會讓我和結花兩個人一起看這麼漂亮的夜空——就要跟妳說聲謝謝了，二原同學。

第17話　不是有些人一講電話，聲調就會高八度嗎？

校外教學結束後過了幾天。

我和結花也沒出門，在家懶洋洋地過著暑假。

「欸欸，小遊！二原同學她說週末的夏季廟會，要找我們一起去玩！」

結花穿著居家服躺在沙發上，視線從手上的手機抬起，帶著滿面笑容這麼說。

放下的黑髮輕飄飄地披在肩上。

看到結花那雙有點下垂的眼睛閃閃發光，我不由得笑了出來。

「我也收到ＲＩＮＥ訊息了，說：『我們和綿苗同學三個人一起去參加夏季廟會吧！』」

從校外教學回來時。

二原同學實在逼問得太緊，所以我把自己ＲＩＮＥ的ＩＤ告訴了她。

然後結花也一樣，和二原同學交換了ＩＤ。

結花把手機放到桌上，哼著歌站起。

接著閉上眼睛，穿越到妄想的世界當中。

第17話
不是有些人一講電話，聲調就會高八度嗎？

「嘻嘻嘻嘻～～和學校的朋友出門去玩……而且小遊也一起去，好期待喔！我們也要去逛攤子喔。啊，不知道浴衣的尺寸能不能穿。」

感覺從校外教學過後，結花就一直是這種狀態。

會在閒聊中穿插二原同學作為話題。

週日還會早起，試著看特攝節目。

總之……就是把很多心思放到二原同學身上。

不過也是啦，結花因為溝通障礙太嚴重，在學校都裝出一副古板的樣子。其實原本的她就是個像小型犬的女孩啊。

一旦對一個人熟了，就會非常親熱。

「二原同學啊，穿浴衣也會很好看吧！辣妹感和浴衣形成很棒的落差，感覺會滿嫵媚！」

「落差的確是有。」

「……可是，小遊不可以只顧著看二原同學喔。」

結花明明是自己提起這話題，卻又突然視線往上看著我，輕輕拉扯我的袖子。

「不用妳說，我也不會這樣啦。」

「誰知道呢～～小遊啊～～基本上～～都只看胸部嘛～～」

「妳也太冤枉人了吧！真是的……還是那麼愛吃醋。」

「……你討厭我了？」

結花抓住我的手臂，迅速遮住自己的臉。

然後只露出眼睛以上的部分窺探我的情形。

「盯～～」

「…………」

「盯——」

「…………」

「盯——盯盯————！」

我故意不理會，她就自己開始配音了。

她就是這麼會纏人。

「好好好，我不會討厭妳。還有，我也不會只顧著看胸部。」

「……嘻嘻嘻～～那就好！」

結花露出融化似的笑容，猛力甩動我的手開心嬉鬧。

離夏季廟會明明還有不少日子……也太早就開始起勁了吧，真是的。

——鈴鈴鈴鈴鈴鈴鈴♪

第17話

不是有些人一講電話，聲調就會高八度嗎？

就在這個時候。

結花放在桌上的手機……響起了來電鈴聲。

顯示在畫面上的人是——二原同學，而且是打ＲＩＮＥ電話來。

「二……二原同學打電話來？怎……怎麼辦啊，小遊！」

「還怎麼辦……正常接不就好了？而且說不定她找妳有什麼事。」

「要……要用怎樣的感覺接？跟學校的朋友講電話這種事，我實在太不熟悉，根本不懂啊～～……『呀喝～～我是結花☆』這樣的感覺對嗎？」

「我覺得妳像平常那樣就可以了……」

「呀喝～～我是結花☆」是怎樣啦。

對方突然用這種令人費解的情緒接電話，連二原同學也會被嚇得掛電話吧。

「知……知道了……像平常那樣，像平常那樣……」

結花像在說服自己似的嘀咕著。

她設定成擴音——接起了電話。

『呀喝～～綿苗同學～～！最近過得好嗎～～？』

「還好。」

結花就像平常那樣，應對起來冷淡得令人難以置信。

到剛才還笑咪咪地聊起二原同學的結花跑哪兒去了？

她表情生硬地瞪著手機。

『妳怎～麼又變回那麼生硬的語氣啦～～？虧我們前幾天校外教學時混得那麼熟～～』

「也還好。」

『我們明明就混熟了吧！這也太過分了！人家會哭！』

「妳很囉唆耶！」

啊，本性有點露出來了。

聽到結花這種反應，二原同學在電話另一頭哈哈大笑。

『綿苗同學果然很有意思。』

「不要把別人說得像是玩具。」

『啊哈哈！是說，綿苗同學……下次的夏季廟會，我……還找了佐方。』

突然聽到她叫我的名字，我不由得端正坐姿。

這件事本身，我們兩個人剛剛才說過。

但聽二原同學講起內情……就覺得有點尷尬。

『我、妳和佐方三個人不是會先集合嗎？然後我會挑個好時機消失——之後就不打擾你們兩個相處，大概就這樣。』

「可……可是……這樣妳不是會很無聊嗎？」

『沒關係沒關係！只要妳和佐方相處融洽——對我來說就是最棒的節目了。妳也別客氣，乾脆就這樣讓他抱回家吧？呀～～！』

相信二原同學萬萬也想不到她已經在我家吧……

結花大概也想到同一件事，露出五味雜陳的表情。

「我……我說啊，二原同學……」

『咦，不妙！假面跑者在播特輯！抱歉，詳細情形下次再說。那就這樣啦！』

——嘟！

二原同學因名為特輯的這件急事，在結花說完前就掛斷了電話。

「二原同學這個人……果然好體貼。對她來說明明沒有任何意義，卻這麼支持我的戀情。」

「的確。應該不是很迷特攝的人都這樣……不過二原同學她連思考回路也很英雄耶。」

說到這個我才想到，七夕那時候，二原同學就在許願籤上寫了「世界和平」。

當時我以為是開玩笑，現在想起來——那也許真的是二原同學純粹的願望。

「我啊，起初對二原同學那種開朗角色的感覺有點應付不來。可是現在……會想跟她相處得更融洽，覺得喜歡她。」

——鈴鈴鈴鈴鈴鈴鈴♪

「……奇怪，都說要去看特輯了，還打電話來？」

才剛掛斷電話，手機又再度響起來電鈴聲。

結花歪頭納悶，接起了還維持在剛剛擴音模式的電話。

「喂？妳不是要去看特輯嗎？」

『特輯？妳在說什麼啊，結奈？而且……妳本來說話有這麼隨和嗎？』

從手機傳來的是幾乎令周遭凍結的冷淡美聲。

聽到這個嗓音的瞬間，結花——就像結冰似的僵住不動。

這個嗓音我也很耳熟。

錯不了，這是「第六個愛麗絲」蘭夢的聲優——紫之宮蘭夢。

第17話
不是有些人一講電話，聲調就會高八度嗎？

『結奈？聽得見嗎？我是蘭夢。』

「啊，聽……聽得見！呃、呃……呃……」

結花方寸大亂，變得語無倫次。

但仍露出營業用微笑——說道：

「呀喝～～我是結奈☆」

◆

『結奈，妳要多點身為聲優的自覺。如果打電話來的是導演或製作人，妳覺得現在會變成怎樣？』

「……是。剛才我太失禮了，對不起——蘭夢師姊。」

對方明明看不見，但結花仍雙手貼在膝蓋上，鄭重地鞠躬。

不過紫之宮蘭夢是她經紀公司的師姊，也難怪她會這麼敬畏。

雖說是師姊，年紀應該和結花差不了幾歲。

只是，該怎麼說——電話另一頭散發出來的威嚴實在非同小可。

『身為聲優的人，無論什麼時候都不可以鬆懈。要隨時意識自己的舉止，無論何時，被誰看到，都不能讓人見笑。』

「是，對不起！我會努力的！」

『……妳還是老樣子，只有應聲特別有模有樣。』

的確，結花說話的口氣與剛才對二原同學說話時不同，答話很迅速確實，聲調感覺也比剛才高了些。

不只是平常的生活，就連講電話也會隨對象不同而改變形象啊……我忍不住想著這種念頭。

相反地，紫之宮蘭夢——無論是和工作伙伴講電話，還是參與活動或網路廣播節目時，印象完全沒兩樣，總是冷冷淡淡，對工作嚴以律己。

和泉結奈與結奈有很多地方相像。

紫之宮蘭夢與蘭夢……我也覺得有點像。

『——那麼，就麻煩妳這麼處理了。』

「好的！我們一起加油吧，蘭夢師姊！」

我正茫然想著這些，她們似乎已經談完工作了。

在一旁屏氣凝神，開靜音抽《愛站》卡的我抬起頭一瞥。

『對了，結奈，妳現在在家嗎？』

第17話
不是有些人一講電話，聲調就會高八度嗎？

「啊，是！我在家！」

『那……妳說的那個弟弟，在嗎？』

紫之宮蘭夢的音色一瞬間變了。

兩人之間似乎瀰漫起一種緊張的氣氛。

「呃……我弟弟怎麼了嗎？」

『如果他在，可以請他聽電話嗎？』

「呃～～……請問是為什麼？」

『我想知道妳偏愛的弟弟是個什麼樣的人，再者，妳作為愛麗絲偶像的聲優，他會不會成為妳爬上高峰的阻礙——我也想弄個清楚。』

紫之宮蘭夢還真是提了個不得了的提議啊。

雖然身為「弟弟」的我可是怕得笑不出來。

「……不要！」

對此——

結花以斬釘截鐵得令我嚇一跳的語氣這樣回答。

『為什麼？』

「因為『弟弟』是私人的事情。就算我再怎麼尊敬蘭夢師姊……這件事也不容學姊干涉！我的確非常喜歡『弟弟』，可是聲優的工作我也會努力！他不會變成障礙，反而——是支持我的重要搭檔！」

『……搭檔？我們說的是「弟弟」吧？』

「是，我們是在談我『弟弟』！」

不不不。

這怎麼想都不像是在談「弟弟」吧？

『真的不要緊嗎？妳那個狂熱粉絲——是叫「談戀愛的死神」？妳不是為了他的信，都會患得患失嗎？雖說是「弟弟」……我還是會掛心。』

對不起。無論是「談戀愛的死神」還是「弟弟」，全都是我。

『不過……也好。既然平常不太會自我主張的妳都說到這個地步，我就相信妳的話吧。』

紫之宮蘭夢輕舒一口氣。

最後，微微——加重語氣說了。

『只是，如果妳心思都放在「弟弟」身上，怠忽了愛麗絲偶像的工作——身為師姊，我可不容這種事情發生。』

「……無論『弟弟』還是愛麗絲偶像，我都會非常珍惜，絕對會！」

第17話

不是有些人一講電話，聲調就會高八度嗎？

結花——和泉結奈也加強語氣，不輸給紫之宮蘭夢地這麼回應。

兩人的通話就這麼結束，可是……

「…………唉，累死我了～～！」

結花大大伸了個懶腰，整個人倒到沙發上。

接著緊緊抱住手邊的一個抱枕，在沙發上滾來滾去。

還是老樣子，狀態切換得很清楚啊。

「好有魄力……該說不愧是蘭夢的聲優嗎？」

「她和蘭夢一模一樣吧？蘭夢師姊對愛麗絲偶像的事很嚴格，又好帥氣，我很尊敬她，可是……剛剛我可緊張了！真是的！」

結花仍然躺在沙發上，粉拳連打坐到她身旁的我的腿。

與跟二原同學講電話時那種還有點生硬的感覺不一樣。

與跟紫之宮蘭夢講電話時那種乖巧的師妹感也不一樣。

就只是在放鬆而露出本性的結花——讓我不由得笑了出來。

平常在外面都那麼努力……

至少在家裡——就隨興地放鬆吧，結花。

第17話

不是有些人一講電話，聲調就會高八度嗎？

第18話 我和兩個女生一起參加夏季廟會，有什麼要注意的嗎？

「小遊，你看你看～～」

白色T恤上披著深藍色襯衫，下半身是普通的牛仔褲。

我穿著這種一如往常的服裝，在客廳看電視……結花就從走廊上探頭看我。

她的頭髮——是咖啡色雙馬尾。

頭髮在臉的兩側有著所謂的鬢鬟，嘴像貓一樣噘得圓嘟嘟的。

……嗯，這是結奈吧。

「結花，妳為什麼開啟和泉結奈模式？」

「哼哼哼～～你看著吧～～」

結花似乎心情很好，穿著浴衣蹦蹦跳跳地跳進了客廳。

淡桃色的布料上，留白的部分形成花朵圖案，設計十分可愛。

和泉結奈穿著這可愛的浴衣……緊緊抓住袖子，轉了一圈給我看。

「怎麼樣，小遊？」

「滿久以前不是出過『結奈　浴衣（普卡）』嗎？這身浴衣的顏色和款式都和那個設計完全一致，甚至連擺的姿勢呈現萌袖這點都一樣——重現度太神了，我好感動！」

「小遊，你是白痴嗎？」

結花似乎不中意我的回答，鼓起臉頰，撇開了臉。

呃……坦白說，我怦然心動到快要死掉了耶。

穿浴衣的模樣就不用說了，包括她得意洋洋地秀給我看的那種稚氣，都和結奈一模一樣。

……就算不看這些，天真的結花也讓我看得目不轉睛。

我因為這些情緒而動搖——就沒能老實回答。坦白說情形就是這樣。

「……呃，抱歉。結花，我……我覺得……很好看。」

「再加碼！」

「再加碼？呃……很、很有魅力？」

「啊～～差一點！提示是……Ka Wa？」

「川（Kawa）？川口？」

「那是誰啦！才不是咧，真是的！是Ka～～Wa～～I————……？」

這誘導提問也太露骨了吧。

我已經覺得比起穿浴衣的模樣，這種想引導我的行動更惹人憐愛了。那就乾脆——

「……很可愛。可愛，而且很好看。」

「嘻嘻嘻～～也還好啦～～」

明明是結花自己要我說的，卻又靦腆起來。

接著她笑咪咪地又轉了一圈給我看。

「你也知道，我們不是跟二原同學約好了晚點要先碰頭再參加夏季廟會嗎？說不定也會有其他班上同學來，我總得穿成學校款過去吧？所以……我就想到至少在這之前，要讓小遊也看一下結奈款！」

「這樣啊。謝啦……結花。」

◆

再過一陣子，我和結花就要分頭出發。

然後照計畫和二原同學會合，三個人一起逛廟會。

如果只有兩個人就很難去會有很多人看到的地方玩，坦白說我很期待。

所以，真的得好好感謝——二原同學。

我在廟會會場的出入口，靠在柱子上。

一邊抽《愛站》的卡一邊等她們兩人來。

「嗨，佐方！」

有人突然從柱子後面拍了我的肩膀。

我嚇了一跳，往後一看——看見二原同學在柱子後面賊笑著看著我。

「二原同學……妳為什麼從後面來？」

「哎呀，因為你一心一意在滑手機嘛，我就想嚇你一下。」

二原同學天真地笑了笑，然後跳到我面前。

一頭咖啡色長髮綁成丸子頭。

後頸附近的頭髮顯得頗為嫵媚。

黃色浴衣胸口很寬鬆，雪白肌膚若隱若現……讓我著實不知道該把目光往哪兒擺。

二原同學將一身浴衣穿得十分美艷，輕輕拍著水球，笑得很開心。

「欸，妳為什麼已經買了水球？」

「因為我實在好期待，忍不住啊～～不過，接下來還有很～～多開心的時間嘛，別在意、別在意！」

開朗的辣妹說得全不當一回事，提著水球在玩。

看著她這樣，我就覺得她果然跟我不同，是個「很陽光的人」。

但這樣的二原同學——也有自己最喜歡的事物（特攝），而且珍重地將這個喜好保護在自己的世界裡。

我覺得這種地方——也許跟我滿像的。

「……久等了。」

結花踩著有力的腳步，從嬉鬧的二原同學身後走來。

淡桃色布料上以留白方式形成花朵圖案的浴衣。

戴著平常的眼鏡，和在學校時一樣綁著馬尾。

結花一如往常，面無表情地看了我一眼。

「……晚安，佐方同學。」

「啊……嗯。綿苗同學，妳好……」

「真是的，你們兩個都太生硬啦。來，我們去逛攤子吧～～！」

接著——我、結花和二原同學這個罕見的陣容一起去逛會場。

「欸欸，要不要吃棉花糖？」

二原同學話剛說完就跑向攤子，很亢奮地點了：「請給我三個！」

結花看著這樣的二原同學，眼神看起來——很安詳。

「妳為什麼好像在笑啊，結花？」

「沒有，我覺得二原同學……好可愛。」

最近的結花真的很推二原同學啊。

我正感到溫馨地這麼想著——結花卻突然表情蒙上陰影。

「……怎麼啦，結花？」

「小遊，你可以不生氣，聽我說嗎？」

「不用特地這樣問，我也不會對妳生氣吧？」

我立刻這麼回答，結花似乎就放下心來，表情放鬆——

「我啊……想把一切都告訴二原同學，包括我其實是你的未婚妻，還有為二原同學喜歡的『妖精麥克風』配音的聲優就是我。」

結花這番告解出乎意料，讓我一時間著實說不出話。

「……結花，這是為什麼？」

「二原同學她不是把自己最重要的『祕密』都告訴我了嗎？而且，她也很關心我，還支持我和你的戀情。正因為這樣……我會覺得對她過意不去。」

「過意不去？」

「就是覺得我自己還有很多事情對二原同學保密，尤其是……二原同學還把做和泉結奈打扮的我當成『小那』吧？」

二原同學以為我是個對自己的妹妹「那由」（假）有情慾的糟糕人。

而且，她知道綿苗結花喜歡我。

才會希望我和結花都幸福——並為此做出各種她本人說的「多管閒事」。

這時問題就在於——她想跟我送作堆的結花，以及為了讓我變回正常人，希望我保持距離的「那由」（假），是同一個人。

「她以為是你『妹妹』的人——其實是她支持的綿苗結花本人，這種事情我們不告訴她，她不是會很悲傷嗎？所以——我想和二原同學好好共享『祕密』，然後在這樣的前提下，和二原同學相處得更好。」

對於因為溝通障礙，之前都沒交到特定朋友的結花而言——

二原同學應該是非常重要的——朋友吧。

我對窺探我反應的結花用力點頭。

「也好。畢竟校外教學那時候聽二原同學說話，我們已經知道她——不是會把『祕密』到處跟別人說的類型。如果妳說想這麼做——我也會做好心理準備。」

「……嗯！謝謝你，小遊！」

◆

「……怎麼啦～～？看你們兩個氣氛那麼融洽～～！」

這時二原同學拿著三份棉花糖回來。

接著把棉花糖交給我們兩個，爽朗一笑。

「來，大家一起吃吧。開心的廟會，要好好玩個盡興才行！」

◆

「……啊！我剛剛明明撈到了！為什麼這會破掉啦！」

「啊哈哈！佐方你技術好差。那就由我桃乃大人，為你露一手華麗的撈金魚吧！——等等，啊～～！」

「二原同學也完全不行嘛。」

結花以眼角餘光看著大聲嚷嚷的我和二原同學，一邊淡淡地一條條撈起金魚。

數目已經達到八隻。一次都沒失敗，連撈到八隻，這可不尋常。

二原同學似乎被結花激起了不服輸的念頭，說道：

「……哦～既然妳這麼說～我們就用打靶分個高下吧，綿苗同學！」

「是沒關係。」

結花以老神在在的撲克臉接受二原同學的挑戰。

兩人走到隔壁的打靶攤。

首先由二原同學開始。

「………嘿！」

子彈劃出漂亮的軌道飛去，在布偶的——臉頰擦過，打中後面的牆壁。

「真的假的～好可惜～！虧我對槍還挺有自信的～」

「那接下來換我。」

接著結花從二原同學手中接過槍，舉槍瞄準。

然後——子彈發射出去。

………猛力打在我的額頭上。

「好痛！剛剛那是怎樣！」

「啊哈哈哈！綿苗同學好好笑～～！妳怎麼弄的？剛剛子彈完全往斜後方飛去了嘛～～」

「……妳很吵耶。」

結花一邊對大笑的二原同學說出自己的不滿，一邊把帶著的手帕按在我額頭上。

「對不起，佐方同學。你沒受傷吧？」

「嗯，畢竟只是軟木彈，我沒事的。」

二原同學賊笑看著我們的互動。

「……妳在嘲笑我吧？」

「沒有的，綿苗學姊！哎呀，我可沒辦法把子彈往後面射啊～～這技術好厲害啊～～神乎其技呢～～」

「妳根本就嘲笑得有夠誇張！」

結花以接近本性的聲調這麼一說，二原同學就拿她取笑。

雖然比起在家裡還是不免有些生硬，看到結花能夠放鬆玩得開心……

我自然而然——覺得心中一陣溫暖。

「…………」

「二原同學，怎麼了？」

「啊！嗯，沒事！什麼事都沒有啊！」

二原同學很明顯在看面具攤上掛著的假面跑者面具就是了。

但不同於結花，二原同學並不是直接把「祕密」告訴過我，所以這時候還是假裝不知道吧。

朝攤子一看，上面掛了假面跑者、宇宙奇蹟超人等許多不同的面具。

那個是最近出的超級軍團系列的面具嗎……呃──

面具額頭上的標記，不就是我在購物中心遇到二原同學時，她身上外套的商標嗎？

這樣啊？原來那件衣服也是角色精品之一……

二原同學真有一套。若無其事，不著痕跡地享受著自己的興趣。

「再過一會就是放煙火的時間了吧～～」

二原同學摸著綁成丸子頭的頭髮，一邊說起。

今天廟會的最大焦點，再怎麼說都是煙火大會。

在不遠的河堤邊發射好幾種煙火，為夜空染上亮麗的色彩。

煙火啊……

『……好漂亮。啊，可是，結奈認為能和你一起看著美麗的景色……才是最開心的！』

結奈在事件中說過的台詞忽然閃過腦海。

和結奈一起看的煙火，多半會像宇宙創生的大爆炸一樣莊嚴。

但和未婚妻一起仰望的煙火，一定……也很漂亮吧。

「……哎呀～我這時候突然想起我還有事！對不起，你們兩個先過去。再見！」

「咦，等等……二原同學！」

真的是沒頭沒腦，剛聽到二原同學說出這樣的話——她就根本不聽我的制止，全速消失在人群中。

退場方式怎麼搞得像是變身英雄察覺到敵人時那樣，脫身的藉口找得有夠草率。

「……她是好意讓我們兩個獨處嗎？」

「就算這樣也很不自然，但如果不是這樣，剛剛她那樣就有毛病了吧。」

真是的。

這個開朗角色辣妹，更正，是像辣妹的特攝宅，就是會做出這種令人意想不到的行動。

——結果就在這個時候。

「欸欸，今天桃乃不來嗎？」

「桃好像說有事。」

我看見和我們同班的男女同學集團，一共五六個人走過——我和結花趕緊躲到攤子後面。

記得他們幾個……是之前二原同學邀去唱卡拉ＯＫ時一起去的人。

「照桃乃平常的調調，絕對會想來廟會耶。」

「桃每次一想到什麼就會馬上行動，然後玩個開心嘛。真讓人羨慕……好像沒什麼煩惱。」

「畢竟有什麼事情她都笑一笑就過去了～～可能沒什麼堅持的事情吧，看起來沒特別投入的興趣。」

「不，愈是這樣的傢伙──搞不好愈是偷偷有什麼糟糕的興趣喔。」

「這是什麼話？你在想什麼色色的事啦？糟糕的是你的腦袋吧！」

二原同學沒有煩惱，二原同學沒有堅持……是嗎？

都那麼常混在一起，二原同學卻真的沒把自己的「祕密」告訴他們呢。

因為一旦特攝作品遭到侮辱，就絕對無法原諒對方。

因為如此一來，和朋友之間就有可能發生摩擦。

「嗯……欸欸，那不是桃乃嗎？」

這個時候──這群人其中一人忽然小聲地這麼說。

我也慢慢轉動視線，看向她所指的方向。

結果…………我看見的是——

「嗯～～……該怎麼辦呢？戴上面具搭配『說話槍』……這樣是會有變裝感，可是面具和玩具不一樣，製作得不是很精巧，品質就……可是，難得來了，還是買吧……？」

大概是跟我們分開後鬆懈下來，二原同學在剛才那個面具攤前面一邊嘀咕一邊思索。

「果然是桃嗎？」「可是她在做什麼啊？」「為什麼是面具？」——這群男女開始竊竊私語。

「小遊，這樣下去，二原同學她會……」

結花說得心焦，我也想到了同一個念頭。

這情形，對不想被人知道自己很迷特攝的辣妹來說——

不折不扣——是最大的危機。

第19話 【事件】辣妹遇到困難，所以我和未婚妻兩個人去幫助她

二原同學為了讓我和結花兩人獨處而和我們分開後，注意力被特攝作品的面具吸引，停下來挑選面具。

但運氣不好，二原同學的一群朋友猶豫著要不要找她說話，一邊竊竊私語。

『再過二十分鐘就要開始施放煙火。來到廣場的民眾，請遵守秩序——』

這時——煙火大會的廣播迴盪在會場上。

二原同學聽到廣播，驚覺地回過神來，抬起頭，視線轉往廣場的方向。

「……咦？」

「啊，果然是桃乃～～！」

這下太不巧了。

雙方視線交會，讓班上這群人確定她就是二原桃乃，開始找她說話。

「桃，妳是怎樣啦？不是說有事嗎？為什麼會在這裡啦？」

「咦，啊……啊！抱歉抱歉。我說有事，是有朋友先約了我一起逛廟會啦～」

「是喔？該不會是男朋友？」

「啊哈哈。太遺憾了～不是這樣啦～而且也有女生在。」

「那妳朋友在哪裡？」

「我們有點走散了。竟敢丟下我桃乃大人，太不成體統了吧？」

二原同學面臨這種突發狀況，應該大為動搖，但仍回答一些不痛不癢的話，想把場面帶過。

「是說，妳為什麼在看面具？」

「咦～？不不不，這很讓人懷念吧？所以我就有點看得發呆了。」

「哈哈哈！這什麼嘛，是叫假面跑者來著？我小時候有看，但現在出的，原來看起來這麼土喔！」

「我弟弟就有在看這個，都小五了，還在買玩具玩。我這個弟弟很糟糕吧～」

「…………啊哈哈。」

二原同學在笑。

顯然是強顏歡笑。

心愛的特攝作品被人嘲笑，內心應該有著煩躁與悲傷等……各式各樣的情感在翻騰。

但她仍然忍下來，想把場面輕輕帶過——

「所以，小姐，妳要買還是不買？從剛剛妳好像就一直看著這兩個在猶豫啊。」

現場氣氛一瞬間凍結。

連躲在攤子旁邊觀察情形的我和結花都整個人僵住。

面具攤的老爺爺……要他在這場面察言觀色，大概是強人所難吧。

不是任何人的錯。

然而事態……顯然在往不好的方向發展。

「小遊……」

結花緊緊抓住我的衣角。

她緊抿嘴唇，一臉隨時都可能哭出來的表情。

「咦？桃乃，這個……妳要買？」

「啊，這……這個嘛……」

「妳沒有弟弟吧？這寒酸的面具，妳買了要做什麼啊？」

「而且假面跑者裡面的小兵到現在還是會喊『咿～～！』嗎？就是圖謀征服世界，然後被主角用踢的打倒？」

「假……假面跑者聲靈是……」

二原同學說話的聲音小得幾乎聽不見。

她低下頭，咬緊嘴唇……按捺各種情緒。

「聲靈？這個是叫這名字？桃，妳知道啊？」

「那是因為面具底下有寫吧？而且桃乃怎麼可能對『咿～～！』這麼清楚？跟她不搭啦，不搭！」

——要說我壞話是完全沒關係啦！

——但是說我喜歡的變身英雄們的壞話，我就真的沒辦法原諒！

我想起二原同學說過的話。

我也是，如果有人嘲笑結奈，我絕對不能原諒。

可是我，大概……會因為害怕受到傷害，就算不愉快也不會吭聲吧。

二原同學也是，現在仍默默忍耐。

乍看之下，這和我多半會採取的行動相同——但意義想必不同。

第19話
【事件】辣妹遇到困難，所以我和未婚妻兩個人去幫助她

二原同學不怕自己受到傷害。

可是，自己喜歡的作品被嘲笑……有可能因此討厭朋友的自己，才是她害怕的。

「小遊……我去一下二原同學那邊。」

結花俐落地推了眼鏡，往前踏上一步。

她的眼神燃燒著決心的火焰。

想保護重要的朋友……我感受到結花這種強烈的意志。

至於我——

「結花，等一下。」

我制止結花，然後從攤子後面慢慢走向二原同學他們。

「妻子」的朋友遇到困難的時候；「妻子」想努力解決的時候。

「丈夫」什麼都不做——那就太扯了吧？

◆

「佐……佐方？」

看到唐突出現在眼前的我，二原同學睜圓了眼睛。

接著周圍的同學們也開始譁然。

「咦？這不是佐方嗎？」

「好稀奇喔，感覺你不太像是會喜歡廟會這種場合耶。」

說得可真直接。

雖然如果不是和結花一起，我確實是絕不會來參加廟會的類型。

不過或許是平常不起眼的自己發揮了功效……他們似乎完全不覺得和二原同學一起來參加廟會的人會是我。

「佐方，你是跟誰來的？咦，難道是自己一個人……？」

「……嗯。我是一個人沒錯。」

感覺他們用非常憐憫的眼神看著我，但我硬是忍住，決定讓他們繼續以為我是「一個人」。

不然就很難解釋為什麼和結花還有二原同學一起玩。

「啊，對了，佐方，你看這個。喊『咿～～！』的那個，你知道嗎？」

一個比二原同學更像辣妹的女生指著面具說道。

聽到她這麼說，二原同學笑著——表情卻很難過。

「我知道啊。不就是假面跑者聲靈嗎？」

雖然說話有點破音，但我不在意，繼續說：

「最……最近的假面跑者好像是演員爆紅的踏板耶。還有，劇情也寫得很紮實，很好看……

我聽別人這麼說過。」

我不痛不癢地這麼一說，同學們也紛紛開始說道：

「啊～～的確，我喜歡的演員就說過他的處女作是假面跑者。」

「可是，就算這樣，都升上高中了，還會看這種東西嗎？」

一個男生說出了略顯否定的意見。

我吞了口水。

坦白說——這種溝通，我不擅長得要命。可是……

我不能……在這個時候退縮。

「有……有什麼不好？管他是高中生還是成年人，喜歡就儘管看啊。」

「佐方，你對假面跑者很熟嗎？」

「不……老實說，我不是那麼清楚。」

我感覺到嘴脣在發抖。

可是，就算這樣——我還是繼續說下去。

「我有個朋友超喜歡特攝。聽這個朋友說話，其實我根本聽不懂，可是……我感受到了這個朋友的開心，所以我覺得每個人當然可以有自己喜歡的東西——而且喜歡的東西和年齡、性別這些應該沒什麼關係吧。」

連我自己都覺得說話沒重點。

可是——我說什麼都想把這件事傳達給二原同學知道。

那就是，對自己最喜愛的事物貫徹到底……是非常棒的事情。

「啊，對不起～～！請給我這個『假面跑者聲靈』的面具～～！」

我們正說著這些，就有另一名女性走過來，買了面具。

一頭隨風飄逸的黑色長髮。

有點下垂的眼睛又大又圓。

臉上有著溫和又體貼的笑容，讓看到的人都跟著心情變得祥和。

沒錯，這個人是——結花。

「老爺爺，《假面跑者聲靈》很好看，果然很受歡迎吧？」

「嗯？呃，我只是擺面具攤，對劇情不太清楚。」

結花擺動著花朵圖案的淡桃色浴衣接下面具後，就把面具戴到頭的側邊。

「咦～～不看太可惜了啦～～黑暗生命體會吞食人類的嘆息與哀號！為了從這樣的敵人手下保護人類，就要以遠古人類所創造的『聲靈』之力戰鬥——假面跑者聲靈就是這麼帥氣的變身英雄啊！」

「我小時候看的都是五個人的戰隊片……時代變了啊。」

擺攤的老爺爺說得心有戚戚焉。

坦白說——我心驚膽跳，深怕她的身分被大家看穿。

的確她沒戴眼鏡，也沒綁馬尾，但就是平常在班上的綿苗結花。

雖然沒戴咖啡色假髮，看臉完全就是和泉結奈。

可是……看來是我杞人憂天了。

「哦～～……連那麼漂亮的人也對假面跑者有興趣啊。」

「我要不要看個一集呢～～可是，那種節目是不是都早上播啊？」

「那我看是不行吧？妳早上又起不來。」

聽了我說的話，又聽了不認識的美少女（結花）的說法，讓這群同學開始閒聊得很起勁。

聊著聊著——二原同學與特攝的關係也就不了了之了。

◆

「……謝啦，佐方。」

「不，我沒做什麼大不了的事情。」

我們兩個和這些班上同學道別後，走上一處沒什麼人經過的石階。

二原同學用力拉了我的衣角……

「佐方……我說，我除了假面跑者以外……也很喜歡別的特攝……」

「這樣啊。那我跟妳說，我啊……全世界最愛的就是《Love Idol Dream！Alice Stage☆》。」

「……我是不太清楚，不過就是你和倉井常常聊得很起勁的那個吧？」

我和二原同學事到如今才交換祕密，相視大笑。

然後——當我們走完石階。

眼鏡配馬尾，花朵圖案的淡桃色浴衣。

然後頭上——戴著假面跑者聲靈面具的綿苗結花，就站在那兒。

「……綿苗同學？」

第19話
【事件】辣妹遇到困難，所以我和未婚妻兩個人去幫助她

「我喜歡佐方同學；二原同學喜歡特攝。我們就這樣共享了祕密對吧？」

結花一如往常面無表情，說出這樣的話。

二原同學先朝我瞥了一眼，然後有點顧慮地點點頭。

結花看著這樣的二原同學，露出微笑。

「謝謝妳，二原同學，謝謝妳相信我……還支持我和佐方同學的戀情。所以我——想把一切都好好告訴妳。」

她摘下面具，也摘下了眼鏡。

然後，把用髮圈綁成的馬尾鬆開——

「咦……剛才來攤位的人？等等……雖然頭髮顏色不同，妳竟然是小那？」

二原同學說話的瞬間，隨著一聲巨響——煙火竄上夜空。

在煙火的火光照耀下，露出真面目的結花笑咪咪地開口：

「聲靈子彈【妖精】——魅惑的妖精！」

結花現場表演了「說話槍」裡所錄的語音。

接著靦腆地搔了搔臉頰。

「……嘿嘿，怎麼樣？演得還像樣嗎？」

「是……是真貨？咦，怎麼回事？而且綿苗同學——是小那？咦咦！」

好幾發煙火射上天空，發出燦爛的光芒。

二原同學方寸大亂，一頭霧水。結花朝她一鞠躬。

「對不起喔，之前都瞞著妳。我——綿苗結花，其實在當聲優，藝名叫作和泉結奈——『妖精麥克風』的語音就是由我配的。」

「真……真的假的？」

「還有……」

結花朝我瞥了一眼。

我用力點了頭回應。

妨礙「妻子」對朋友說出重要的事情——這不是「丈夫」該做的事吧？

「我不是真的小那，是綿苗結花。我和佐方遊一——和小遊訂了婚，我們已經住在一起好一段時間，還有，還有……全宇宙我最喜歡的就是小遊！」

……最後那句是怎樣？真的有夠難為情耶。

就在臉頰發燙的我面前，結花眉毛下垂，朝二原同學合掌。

「妳這麼支持我，我很開心，可是……對不起！我早就是小遊的未婚妻，在家裡，那個……

第19話
【事件】辣妹遇到困難，所以我和未婚妻兩個人去幫助她

超會跟他撒嬌的。」

「…………噗！啊哈哈哈哈，好好笑！綿苗同學妳真的少根筋吧？」

「咦？哪有？我只是覺得瞞著妳很過意不去，就把真相告訴妳而已嘛！」

「啊哈哈哈哈！是嗎是嗎？也對，嗯……謝謝妳告訴我真相，綿苗同學。」

接著二原同學朝結花伸出手。

結花先朝二原同學瞥了一眼，然後握住她的手。

連續射上天空的煙火照亮了她們兩人。

「不過，現在我知道佐方不是把靈魂賣給妹妹，我放心了。而且……綿苗同學的戀情也很圓滿，我超開心的！啊，可是，以後我當然也會繼續支持你們兩個的關係……你們可要做好覺悟，跟我好好相處喔。」

「嗯！我才要請妳多關照……二原同學。」

結花以天真的表情笑了笑。

二原同學也發出稚氣的笑聲笑了。

我本來以為三次元的女生更難相處，就只覺得她們可怕。

但看到這麼祥和的光景——心裡感到很溫馨。

「佐方呢？你當然也要跟我好好相處喔。」

「咦？為什麼？」

「你不是知道我很愛特攝的『祕密』了嗎？我也聽了你和綿苗同學是未婚夫妻的『祕密』——我們有共享了祕密的同盟關係吧？」

「呃，也是啦，我希望妳保守祕密，所以是無所謂啦……」

結花以嚴肅的表情盯著我和二原同學看。

二原同學賊笑看著這樣的結花，說道：

「不用擔心，我不會搶走妳的佐方。」

「……絕對不會？」

「那綿苗同學是佐方的正室，然後，我——當側室，怎麼樣？佐方只有在想念胸部的時候來找我這樣。」

「不要～～～～！小遊你這個胸部笨蛋～～～～～～！」

「我什麼都沒做吧！」

鬧了一陣，總算是——圓滿落幕。

總覺得以後二原同學會更常來糾纏。

這樣的擔心……不是沒有。

第20話　【超级好消息】我未婚妻看著煙火，顯得好幸福

「嘿咻。」

才剛從廟會回來。

結花就裝滿一整桶水，放到家門前的庭院。

一頭黑色長髮綁成辮子——這又給人另一種和平常的結花不一樣的印象。

「好～～！小遊，煙火大會……第二彈，要開始了！」

結花手扠著腰，挺起胸膛，得意地嘿嘿笑了。

我被她的模樣逗得忍俊不禁，把買來的整盒煙火放到水桶旁。

「該說第二彈嗎……到頭來，我們幾乎都沒能好好看煙火啊。我看是實質上的第一彈吧？」

「你很計較耶，真是的。那就說是夜晚的煙火大會？還是不可告人的煙火大會？」

「這意思都變了吧！」

我和結花聊著這些無關緊要的話題。

並且各自拿起煙火，用器具點火。

手上的煙火滋滋作響，噴出亮麗的火花。

接著是老鼠炮。

「呀啊啊啊，往我這邊過來了～～！」

結花像是要躲不斷爆出啪滋聲在地上亂竄的煙火，繞到我身後來。

只屬於我們兩人的放煙火的時間。

雖然絕不像廟會的煙火大會那麼大手筆……

但安祥得令我覺得不可思議。

「那麼，最後就是這個吧……線香煙火（註：類似仙女棒）！」

結花說著，遞了一根給我。

然後我們兩個一起蹲下，點燃了線香煙火。

就近看著穿浴衣綁辮子的結花，就覺得她和平常不一樣，顯得很嫵媚……讓我比自己預料的更加怦然心動。

「……欸，小遊。」

結花看著靜靜散出火花的線香煙火，喃喃開口。

「今天謝謝你……對不起喔，把我們的『祕密』告訴二原同學。」

「不會。我才要說對不起，之前都讓妳演『妹妹』。」

我們各說了這麼一句話，就再度默不作聲，看著線香煙火搖曳的尾端。

我的是不是燒得比較快？

但又覺得也許結花手上的煙火意外地會先掉下去……

「妳覺得哪一邊的火會先熄？」

結花彷彿看穿了我的心思，微微一笑。

「要不要來比賽？看是我的線香煙火贏，還是小遊的贏。」

「好啊。」

「順便說一下，輸的要受罰。」

「咦，什麼啦？晚說也太賊──」

或許是因為我這樣回嘴。

我的線香煙火尾端……輕輕落到地上。

「好的，是小遊輸了～～」

「剛剛那樣是不是太賊了？」

「才不賊呢～～」

結花拿著還在迸出火花的線香煙火，朝我小小地招手。

說什麼要處罰，她是想做什麼？

我想著這樣的念頭，任由結花把我叫過去，挪到她身邊——

——啾。

「——！」

嘴唇上碰到的柔軟感覺讓我嚇了一跳，急忙起身。

結花仍然蹲在地上，讓煙火繼續燒，滿臉通紅地看著我。

「好的，處罰是輸掉的人……要被贏的人親！」

結花說完靦腆一笑的模樣——

像是結奈。

但又覺得有點不一樣。

不管怎麼說——這笑容都是那麼有魅力，讓我怦然心動得快要死了。

「但願我們能讓這個家變成以後也都能繼續讓小遊每天都笑咪咪的。」

結花喃喃說出這樣的話。

所以我就只是坦白說出我的心情。

「自從妳來了以後，沒有一天是不開心的。」

「……真的？」

「我甚至想不起來沒有妳在的時候，日子都是怎麼過的了……要是妳不在了，可能會很無聊吧。」

「嘻嘻嘻～那你放心！我絕～～對……不會離開你身邊！」

結花的線香煙火輕輕落到地上。

結花把煙火燒剩的竹籤扔進水桶，慢慢起身。

然後──轉身面向我。

不改滿臉的笑容，說道：

「結花會一～直陪在你身邊！所～～以～～……我們一起歡笑吧？」

☆綿苗同學家難忘的經☆

從我開始和小遊同居算起，竟然竟然——就要滿四個月了！
光想到這裡，我就止不住臉上的笑意。
笑到臉頰都要掉下來了。

可是……從我們兩人開始一起住以後，真的發生了各種事情呢。

像是想幫小遊洗背，就穿上學校泳裝，一起進浴室。
像是和小遊出門，應他的要求，穿上背部裸露得很色的毛衣。
像是想讓小遊開心，讓他看了好多我cosplay的模樣。

……我這樣不要緊嗎？
我事到如今才冷靜一想，這會不會嚇到小遊？他應該不會覺得我是個怪女生吧！
不……不會的……除此之外，我們還是有很像樣的回憶嘛！

之前小遊沒能來看現場活動，我就只為小遊一個人辦了舞台表演。
校外教學時一起仰望的星空也非常漂亮。
夏季廟會發生了很多事……但還是很開心。
兩個人在家放煙火，又更開心了。

自從跟小遊一起生活——真的只有滿滿的開心。
我是個「多話的御宅族」，和朋友處不好，也曾經有過拒絕上學的時期。
即使擔任結奈的聲優，拚命努力，還是會不順利，弄得很沮喪。
而對這樣的我大力支持的，就是結奈的粉絲——「談戀愛的死神」。
我作夢也沒想到，自己竟然會變成這個人的未婚妻。

……可是——
明明一起住，他卻到現在還會寄粉絲信給我，真的是希望他不要這樣。因為人家會很害羞啊。笨蛋。

不過，像這樣想東想西。
就想到也得好好跟爸爸說聲「謝謝」才行呢。

☆綿苗同學家難念的經☆

當他擅自提起婚事時，我想著一輩子都不要再跟他說話了。

但因為對象是小遊——我就寬宏大量地原諒他吧。

「……喂？媽？」

『哎呀，這不是結花嗎！最近過得好嗎？有沒有好好吃飯？』

「嗯，我過得很好啦～」

『未婚夫有沒有對妳施暴？』

「才沒有好嗎！不要這樣啦，妳把小遊當什麼了？」

『男人都是大野狼喔。妳不小心點……會沒命的。』

我有點搞不懂媽媽在說什麼。

媽媽從以前就愛瞎操心……雖然我想只要見過一面，她應該馬上就會放心了。

到時候大概又會改口問「孫子呢？還沒要讓我抱孫嗎？」就是了……

「爸爸在家嗎？在的話我想跟他講一下電話～」

『爸爸是吧，等一下喔。』

媽媽說話的聲音中斷，大概是把話筒放到桌上，去找爸爸了吧。

於是我就這麼等著爸爸接電話，等了一會。

『……喂？結花？最近好嗎？』

嘟！

我二話不說就掛斷電話。

可是，我這種反應大概也不出對方所料吧……對方馬上就回撥了。

『不要劈頭就掛電話啦，這樣多讓人傷心……嗚嗚嗚嗚～』

「你絕對不可能哭吧，根本只是又這樣耍我吧？」

『畢竟妳被捉弄到生氣的時候最可愛了嘛。』

「不要耍人。」

啊～夠了，真讓人煩躁～～

真希望他能跟小那多學學。

這孩子，根本就沒把我當姊姊看待！

「……唉。勇海，爸爸呢？」

『誰知道？倒是妳的對象——是個什麼樣的人？』

「他善良、可愛、帥氣，有時候有點蠢又有點色，可是……我最喜歡他了！」

『抱歉，完全聽不懂。』

你很囉唆耶。只是電話裡講兩句，當然講不完小遊的好。

『啊啊，對了對了。我跟媽媽還有爸爸都商量過了……我們認為就綿苗家的立場來說，還是得好好去跟妳未來的丈夫打聲招呼才行。所以，嗯……我想大概下週就會過去找你們了。』

「……爸爸，還有媽媽會來？」

『我也會去就是了。』

「勇海你不用了啦，你在家閒著吧。」

『這可不行。畢竟他會是我的姊夫──得好好品鑑一下才行。看看他是不是配得上妳的有魅力的男性……對吧？』

「我說你，別說那麼多了，趕快換爸爸來接電話好嗎！」

真是的，這孩子為什麼這麼愛主持？

……不知道小遊要不要緊。

即使身為姊姊難免偏袒，我還是覺得綿苗勇海這孩子啊……

個性實在相當、非常、有夠──難搞呢。

後記

【好消息】冰高悠，作家人生首度再版！

各位讀者，非常謝謝你們的支持，我是冰高悠。

《【好消息】我的不起眼未婚妻在家有夠可愛。》——簡稱《不起可愛》。

截至目前為止，我在Fantasia文庫寫了三個作品，在另一個品牌發表了兩個作品，這次的《不起可愛》是第六個作品。

出道第七年，算來是第六作的本作——成了冰高迎來第一次再版的作品！

當然我對過去的作品一樣有愛，能夠得到許多讀者的支持也非常開心，但這次收到的感想與加油訊息之多，真的讓我嚇一跳。暢銷的程度也是冰高前所未見。

能夠讓許多讀者看得開心，期待續集的推出，就是那麼單純地令我高興——也成了我把第二集寫得更好看的重大助力！

對於這本以各位讀者的支持為原動力而完成的第二集，我自負比第一集裝了更多結花的可愛進去。

在學校面無表情，待人冷淡；作為聲優則開朗又活力充沛；而回到家裡——就是個一心一意在撒嬌的天真無邪黏人妹。

結花會隨著場合的不同，展現各種不同的魅力，但願各位讀者能充分享受到結花這種滿滿的可愛。

另外在第二集，開朗角色辣妹二原桃乃也會漸漸深入劇情。如果她那和之前的開朗角色辣妹不同的另一面——能讓各位讀者看得開心，那就太令人欣慰了！

那麼接下來是謝辭。

たん旦老師，這次的封面實在太美妙……一開始看到的時候，我甚至說不出話。每一張插畫都比氷高預期中更是滿滿的可愛，感覺得到結花的魅力放大到數十倍之多。真的非常謝謝您！

T責編，謝謝您繼第一集後，繼續為《不起可愛》主導全局。我認為都是靠您多方大力協助，本作才能送到許多讀者的手上。今後也要請您多多關照。

參與本作出版及發售的所有相關人士。

因創作而有來往的各位。

朋友、前輩、後輩、家人。

我認為就是有這許許多多的人們支持，本作才能呈現在各位讀者面前。

《月刊Comic Alive》還為本作企劃了漫畫版，真的非常感謝。我現在就開始對漫畫版的《不起可愛》期待得不得了！

最後——是各位讀者。

各位支持本作，賜給我把第二集寫得更好看的力量，真的非常謝謝你們。

小說之外還加上漫畫版，相信《不起可愛》將會愈來愈旺……如果今後也能讓各位讀者看得開心，那就是萬幸了。

但願本作能多帶給大家笑容，哪怕只是一點點都好。

冰高 悠

三角的距離無限趨近零 1~7 待續

作者：岬鷺宮　插畫：Hiten

我愛上的那個女孩體內住著兩個靈魂——
與雙重人格少女譜出的三角戀愛故事。

在跟秋玻與春珂談戀愛的過程中，我變得搞不懂「自己」了。春假期間，她們在旁邊支持我，陪我一起找尋自我。而人格對調時間逐漸縮短的她們同樣到了該面對自己的時候。跟雙重人格少女共度的一年結束，我得知走向終點的「她們」最後的心願——

各 **NT$200~220/HK$67~73**

義妹生活 1~2 待續

作者：三河ごーすと　插畫：Hiten

緩慢但確實的變化徵兆——
描繪兄妹真實樣貌的戀愛生活小說第二集！

適逢定期測驗，沙季為了不拿手的科目苦惱，想幫助她的悠太為她整頓念書環境、尋找能夠集中精神的音樂。就在此時，悠太的打工前輩——美女大學生讀賣栞找他約會。聽到這件事，浮上沙季心頭的「某種感情」是……？

各 **NT$200/HK$67**

繼母的拖油瓶是我的前女友 1~6 待續

作者：紙城境介　插畫：たかやKi

「我問妳。『喜歡』究竟是什麼？」
前情侶面對彼此情感的文化祭篇！

時值初秋，水斗與結女同時被選為校慶文化祭的執行委員……隨著兩人獨處的時間變長，水斗試著確認夏日祭典那個吻的意義，結女則想讓水斗察覺到她的感情。兩人一邊互相刺探，一邊迎接校慶日的到來——

各 **NT$220~250/HK$73~83**

青梅竹馬絕對不會輸的戀愛喜劇 1~6 待續

作者：二丸修一　插畫：しぐれうい

群青同盟將在大學校慶表演話劇，
與當紅頂尖偶像雛菊一較高下！

群青同盟接到在大學校慶登台表演的委託，演出劇碼為《人魚公主》。由真理愛飾演女主角，黑羽和白草也同台飆戲。而赫迪．瞬接到消息，帶著頂尖偶像雛菊一同出現。這時，真理愛的父母在她面前現身，身懷隱憂的真理愛跟雛菊引爆演員之爭！

各 NT$200~240/HK$67~80

轉學後班上的清純可愛美少女，竟是小時候玩在一起的哥兒們 1~2 待續

作者：雲雀湯　插畫：シソ

無法滿足於哥兒們和兒時玩伴的身分，想和對方靠得更近——

春希變得比以往容易親近，人氣指數直線上升；隼人也結交了男性朋友，因此兩人共度午休的機會越來越少。春希看到隼人和未萌無話不談的模樣，一股既似焦躁又像占有欲的情感在心中油然而生……春心蕩漾的青春戀愛喜劇，第二彈！

各 NT$220/HK$73

青春豬頭少年不會夢到正義護理師

作者：鴨志田 一　插畫：溝口ケージ

都市傳說「＃夢見」在學生間成為話題。
郁實藉此化身為「正義使者」助人？

寫下來的夢會應驗——這個都市傳說「＃夢見」在學生們的SNS成為話題。咲太目擊郁實藉此化身為「正義使者」助人，也得知她碰上了類似騷靈的現象，而且原因好像來自以前的咲太……？開啟上鎖的過去之門，青春豬頭少年系列第十一集。

各 **NT$200~260/HK$65~80**

救了想一躍而下的女高中生會發生什麼事？ 1 待續

作者：岸馬きらく　插畫：黒なまこ　角色原案、漫畫：らたん

與墜入絕望深淵的女高中生，
共譜暖洋洋的同居生活。

為了維持優待生資格，結城祐介的生活只有讀書和打工。某天心中猛烈興起「想要女朋友」念頭的他，發現有個少女想從大樓屋頂一躍而下。「與其要輕生，不如當我的女朋友吧。」「咦？」在這場奇妙的相遇後，兩人展開了全新的日常與戀愛……

NT$220/HK$73

聲優廣播的幕前幕後 1～2 待續

作者：二月公　插畫：さばみぞれ

「妳們兩人就這樣上吧──！」
即使是聲優生涯最大的危機，依舊無法停下……！

「高中生廣播！」決定繼續播出！──才放心不久，便遭嚴謹實力派前輩聲優芽玖瑠強烈批判。但她其實在「幕後」也有祕密的一面……此外，不禮貌的視線和快門聲也追到夕陽與夜澄就讀的高中。對這樣的事態感到不耐煩的夕陽之母對兩人提出超難題──？

各 **NT$240~250/HK$80~83**

國家圖書館出版品預行編目資料

【好消息】我的不起眼未婚妻在家有夠可愛。/
氷高悠作；邱鍾仁譯. -- 初版. -- 臺北市：臺灣
角川股份有限公司, 2022.06-
　冊；　公分. -- (Kadokawa fantastic novels)
譯自：【朗報】俺の許嫁になった地味子、家
では可愛いしかない。
ISBN 978-626-321-530-6(第2冊：平裝)

861.57　　　　　　　　　　　　111005658

Kadokawa
Fantastic
Novels

【好消息】我的不起眼未婚妻在家有夠可愛。2

（原著名：【朗報】俺の許嫁になった地味子、家では可愛いしかない。2）

2022年6月13日　初版第1刷發行
2022年11月17日　初版第2刷發行

作　者：氷高悠
插　畫：たん旦
譯　者：邱鍾仁

發行人：岩崎剛人
總編輯：蔡佩芬
編　輯：孫千棻
美術設計：宋芳茹
印　務：李明修（主任）、張加恩（主任）、張凱棋

發行所：台灣角川股份有限公司
地　址：104台北市中山區松江路223號3樓
電　話：（02）2515-3000
傳　真：（02）2515-0033
網　址：www.kadokawa.com.tw
劃撥帳戶：台灣角川股份有限公司
劃撥帳號：19487412
法律顧問：有澤法律事務所
製　版：巨茂科技印刷有限公司
ISBN：978-626-321-530-6
